花酔いロジック

坂月蝶子の謎と酔理

森 晶麿

角川文庫
19188

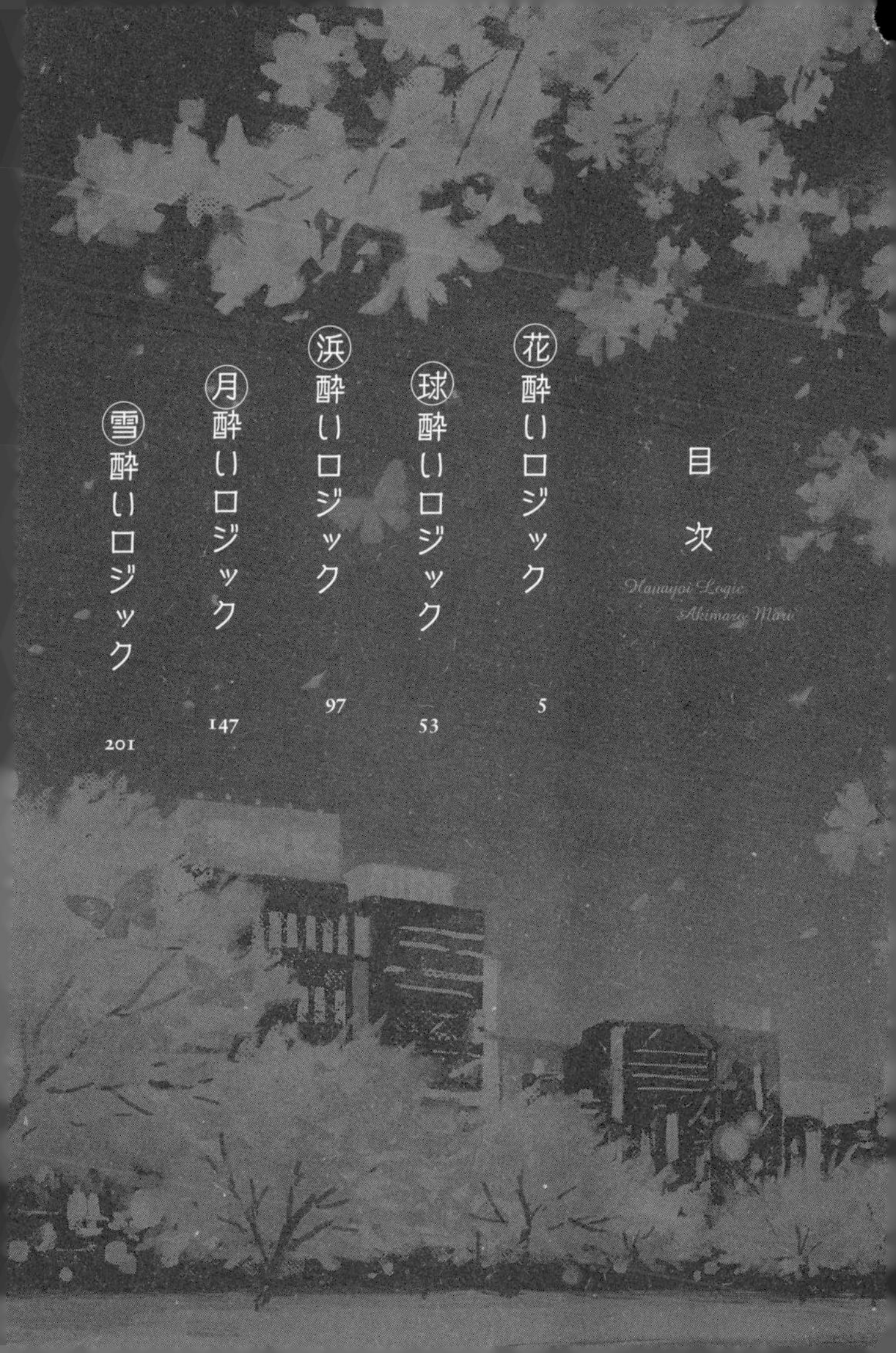

目次

Hanayoi Logic
Akimaru Miru

花酔いロジック

Hanayoi Logic

青春は――長いトンネルだ。

誰もが目をつぶりたくなるほどのまばゆい光を目指して走っているはずだけれど、トンネルの真っ只中《ただなか》では光は見えない。

私たちは、ただやみくもに走る名無しの幽霊なのだ。

自分は何者なのか。その答えを見出《みいだ》せぬまま、己《おのれ》という存在の不確かさと、またそれゆえの自由を抱えて暗闇を疾走する幽霊。

「蝶子《ちょうこ》、人生に何を望むよ？」

先輩があの日、私にそう尋ねなかったら、トンネルの途中でマンホールを探し、ドブネズミと戯れて一生を送ったかもしれない。スチュアート・サトクリフのようにそこに命を置き忘れてしまうという手もある。

しかし、実際には、私は自由の溝《どぶ》に溺《おぼ》れて死ぬ権利を放棄した。

先輩の問いに、私は答えたのだ。

「わかりません、まだ何も」

「んじゃあさ、とりあえず一年間俺たちに預けてみろよ」

「何をですか？」

「お前の人生を」

名もない自分を預ける――。ある人は私の選択を逃避と呼ぶかもしれない。けれど、青春とは、ただぷかんと浮いているだけでも窒息するほど苦しいものなのだ。そして、逃避したとしても、自分は何者なのかという問いからは逃れることができない。

私の選択が正しかったのか間違っていたのか。それはこの話を聞いた人が判断すればよいだけのことだ。

とにもかくにも、私は――大学生活を〈スィ研〉で送ることになった。

I

昨夜《ゆうべ》は記憶喪失者数が過去最高に達した。

と言っても、それは私がこのサークルに入って七日のあいだの話であって、神酒島《みきしま》先輩に言わせれば、昨夜こそがスタンダード。

戸山《とやま》大学十五号館一階ラウンジ内カフェ〈エイスケ〉は、この日も我がサークル員で埋め尽くされていた。ただし、全員揃って半死人状態。まだ春休み気分なのか、店員もうたた寝している。

店内ではブラーの名曲「ビートルバムム」が馬鹿みたいに大音量でかかっている。相変わらずグレアムは最高のギタリストで、デーモンはほかのどこにもないくらいデーモンだった。

私が今いるのは、ドアから離れた奥まった一角。小さなテーブルを挟んだ二つのぼろぼろのソファのうち、壁寄りのほうでしらけた顔をした女がそれだ。何の色気もない白シャツにデニムという、学内で俗に言われる通称「トヤ女《じょ》（戸山大の女学生的な女子）」の典型的スタイル。さらに眼鏡と長めの前髪で顔立ちを隠し、素顔を誰にも見せないように気をつけている。

眼鏡の奥の目は、テーブルの上に広げられたラウンジノートを注視中だ。そこには大きくて汚い文字でこう書かれている。

〈小生は何も覚えておりませんが、とりあえず申し訳ありません〉

不均等で気分の悪くなる字。これは三鳥十九《みつとりじゅうく》という酒乱の二年生による筆跡だ。外務という職権を乱用して新入生にちょっかいを出す気だから気をつけて、とは三年財務の証子《しょうこ》先輩の伝。かく言う彼女は三鳥先輩と恋仲なのではと私は踏んでいるが、真相は目下究明中である。

このサークルに入ってくる新入生は、わけあってみな一浪以上の成人ばかり。後輩といえどこのサークル唯一の現役合格生、三鳥先輩と同い年だ。この年頃の女子はたかが一歳の差を妙に気にしたりするものだから、証子先輩がやきもきするのもわからないではない。

かの三鳥先輩は破れたズボンの膝《ひざ》の部分と掌《てのひら》とを血塗《ちまみ》れにした世にも危険な風体で午

前中に〈エイスケ〉にふらふらと現れ、ノートに一筆したためてのち、入ってすぐのソファに横たわって現在に至る。

そう言えば、その三島先輩が昨夜ちょっかいを出し損ねた我が盟友エリカ嬢の姿も見えない。昨夜彼女はふらりとトイレに出かけたかと思うとそのまま帰らぬ人となった。彼女はどこへ消えてしまったのだろう？

酒もほとんど飲めないお嬢様キャラの彼女だが、先日一人で文学部キャンパスにいるところを見かけたら、中年男性のように眉間《みけん》に皺《しわ》を寄せて煙草をすぱすぱ吸っていて近寄りがたかった。まだまだ私の知らない彼女がいるようで、その辺りに失踪《しっそう》の理由もあるのだろうかと勘繰ってみたりする。

その前のページに戻ると、五人ほどのサークルメンバーからの書き込みがあったが、内容は似たりよったりだった。みんな意味のない謝罪を記し、なかには素直に「我が臓物に異変ありとみるに何をものしたるや？」などと付記する者もある。

鞄《かばん》から専用ウォーターの入った青いボトルを取り出してごくりと飲んだ。

「なんだ、蝶子か」

向かいのソファで寝そべっていた神酒島先輩は、顔だけを一瞬持ち上げて私に一瞥《いちべつ》をくれると、再び目を閉じた。

苗字《みょうじ》は神酒島。下の名はまだ聞いていない。このサークルの現幹事長だ。夜の静寂と喧騒《けんそう》の両方が染み込んだ、痩身《そうしん》の文学青年である。もし昼の東京で夜の空気を感じたければ、この男を見ればいい。

「フラ語の坂本《さかもと》先生、心配してましたよ」

「心配は嘘だろう」

「ええ、怒っていましたね」

神酒島先輩は、必修の基礎講義の単位を落とすと二年生に上がれない我が文学部のシステムによって一年生歴三年目。基礎講義は午前中にあり、その時間彼は〈エイスケ〉で眠っているからいつまで経っても単位が取れないのだという。そのため彼と私は、先輩後輩の間柄にも拘《かかわ》らず週に五つも履修科目が被《かぶ》っているうえに、語学のクラスまで一緒なのだ。

「お前、暇なのか？　午後の講義は？」

「生存者が昨日の惨事を説明しないと、死者の皆さんが困るだろうと思いまして」

「なんだ、俺を心配して来たのかと思った」

「な……なにを……」

なぜ赤くなる、自分。ぐいと眼鏡を強く指で押しつけてこめかみを刺激する。こうすると、多少神経が落ち着くし、顔の火照りも薄まるのだ。平常心、平常心。

「冗談だ。ナイスな心がけ。俺が脅迫しただけのことはある」

チクリと嫌な話を交ぜてくる。忘れてないぞというわけだ。彼には新歓コンパの席である秘密を握られてしまったのだ。それをばらさない代償がサークル入会だった。

どうだ逃げたいかと尋ねる先輩に、いえべつにと答え、またボトルを口に運んだ。逃げるのは得意じゃないのだ、昔から。

よっこらせ、と神酒島先輩は身体を起こして背後の席でいびきをかいている金髪頭の出邑《でむら》先輩に灰皿を投げつけた。彼はふごっという悲鳴を洩《も》らしたが、それだけだった。

「しかし今年の一年は弱いね、本当に」と先輩。

「ミッキー先輩」

「なんだよ」

「先輩は、自分が昨夜どこへ逃亡したのか覚えてるんですか？」

先輩は都合が悪いときは長い沈黙を挟む。再び身体を横たえて曰《いわ》く。

「……明治《めいじ》通りでホームレスにズボンを貸したらしくって、パンツでベンチに座ってるところを職務質問された。その前のことは知らん」

記憶喪失者、一名追加。

私は、彼の後方の席に山と積まれたサークル員たちの〈屍体《したい》〉に目を留めた。もぞりもぞりと動きはするが、それくらいなら春先の爬虫類《はちゅうるい》だって動ける。まだ人間と見做《みな》すにはほど遠い。

「警官がズボンを取り返してくれたんだが、ついでだから洗濯もしてくれって言ったら断られた。ケチだな、あいつら」

「逮捕されなかっただけ感謝したほうがいいですよ」

昨日の悪夢がよみがえる。

思い返せば、七日前の四月三日——一人で高田馬場《たかだのばば》駅のロータリーに行かなければ、こんな連中と関わり合うこともなかっただろう。

私は神酒島先輩によって、サトクリフ的破滅を溝《どぶ》に捨て去ることになったのだ。

2

一年浪人してまで戸山大学入学を志したのは、由緒ある推理研究会がそこに存在するからで、四月三日にロータリーにいたのも、その新入生歓迎コンパに参加するためだった。小栗《おぐり》だとかクロフツだとかフットレルだとか、とかく死者の発明したロジックはロックンロールで心地良い。この黴臭《かびくさ》い論理の檻《おり》に四年間自らを投獄しようと考えた次第。

ところが、探せど探せど〈推研〉のプラカードがない。

薄汚くも輝けるネオンに囲まれた夜の高田馬場ロータリーは、徳島《とくしま》のひなびたエリアからやってきた身には仰天な人、人、人の大洪水だった。その昔に週一で上京していたこともあったが、その頃は母親同伴で目的地に直行だったので、ろくに景色など眺めたこともなかった。ましてやこんな猥雑《わいざつ》な街角に立った経験となると皆無だ。

入学式の大学構内の大混雑からある程度想像してはいたが、ロータリーのカオスはその比ではなかった。

チェック柄のシャツを着ているのは文科系サークル、黒いスーツはテニスサークルかスノーボードサークル、それからオールラウンド。「女子学生は無料」を高らかに主張するのは危険なサークル――とここまでは入学式で隣に座った自称歴女《れきじょ》の寺島《てらしま》エリカという霊長類ヒト科スタイル抜群女子属の発言。

――歴史的に見るに、この高田馬場という場所はもともと江戸の初期に馬場が開かれた男臭い場所で、その男臭さが現代にまで染み付いてるの。いやな話だわ。

エリカ嬢は澄ました顔でそんなことを言った。

――馬場って何？　ジャイアント？

こちらは歴史が嫌いで二科目受験の文学部を受けた女だから、当然馬場と言われてもピンとこない。

――旗本が馬術とか弓の稽古《けいこ》とかするところよ。

――ああ、そりゃあ男臭いね。

――ね、だから気をつけなきゃ駄目よ、高田馬場は。

彼女ほどの美貌《びぼう》の持ち主ならば警戒心も必要だろうが、完全トヤ女スタイルの私には無関係――と思っていると、予期に反して男どもの勧誘の嵐に見舞われた。

そんななかで推理研究会の看板を探していたのだが――。

――お前はこっちだ。

突如背後から腕を摑《つか》まれた。

——私には心に決めたサークルがありまして……。

言いかけたところで、視線がぶつかった。不思議な瞳《ひとみ》だった。見つめているのに、同時に何も見ていないようで、なのに少しも酷薄な感じを与えない。海の底。私はその瞳をそう名づけた。

それが——神酒島先輩との最初の出会いだった。

と言っても、サークルに入ったきっかけは彼ではなく、彼の持っていたプラカードだった。そこにはこう書かれていた。

〈スイ研　新歓コンパ　男女共々二千円〉

なんだ、探し求めていた〈推研〉が向こうから声をかけてくれるとは。これは渡りに船と、あまり深く考えもせずに彼らの一行に加わることに決めた。歴史研究会に所属すると言っていたはずのにわか友人エリカ嬢をその集団の中に見つけたことも背中を押した要因のひとつだ。もちろん、一応の確認はした。

——ここは推理研究会ですよね？

——いかにも、ここはスイリ研究会だ。

この会話がいかにとんちんかんなものだったかを知ったのは、飲み会も半ばに差し掛かってからのこと。事前に未成年者がいないかどうかの厳密なるチェックがあったり、隣に座った諸先輩に一生懸命ミステリの話をしてもまるで見当違いの答えばかり返ってきたりするところからおかしいとは思ったのだが、幹事長からじきじきにサークルの趣旨の説明があるに及び、自分の勘違いを思い知るに至った。

――当サークルは酒を飲むがために飲む。ここがほかのサークルとは違うところ。親《しん》睦《ぼく》を深めるとかスポーツ後に交流を図るとかそういう不純な動機ではなく、ただ自らを酒に浸すかのごとく飲む。身体の細胞は二十四時間つねに入れ替わっているのだから、細胞の生まれ変わる速度に合わせて体内の水も入れ替えねばならない。案ずることなかれ、どれだけ飲んでも酒そのものになれた者はいない。以上。楽しめ。

それを第一声に奇妙な掛け声がかかった。

――すい、すい、すいすいすい、酔えば素敵な理《り》が見える
それに合わせて神酒島先輩が歌舞伎のような動きで踊り始め、扇子を広げる。その上に縁まで日本酒の注がれたお猪口《ちょこ》がのる。

――すい、すい、すいすいすい研、飲めばあなたも理が見える
先輩はぐいと飲み干して、ニカッと笑ってみせた。

このサークルは推理研究会ではなく酔理研究会であったのだ。すぐに逃げようと思い立ったが遅かった。トイレに行った帰りにこっそり二千円をテーブルに置いて立ち去ろうとしているところを神酒島先輩に捕まったのだ。

先輩は素早い仕草で私の眼鏡を取り外し、言った。

――やっぱり。お前、あの坂月《さかづき》蝶子だろ？

坂月蝶子。その名は、十年ほど昔の有名子役として世間に認識されている。そして、

捨てたくても捨てられない私の本名だった。

母は私を一流の女優にしたくて、まだ物心つく前からオーディションを受けさせた。そのたびに親子で上京した。今思えば、あの頃の私は母の夢だったのだ。べつに私自身が何かを望んだわけではない。たまたま出演したドラマが当たって有名子役として全国に顔を知られるようになっただけのこと。

しかし、世間が飽きるのは早い。三年もするうちに私も少女と大人の境界に差し掛かり、顔立ちが不安定になった。同時に仕事も目に見えて減っていき、母の夢も潰《つい》えた。

そんな私を待っていたのは、酒蔵を営む父だった。

――もう女優ごっこは飽きたやろ。将来はうちの蔵を継ぐんや。ええな？

冗談じゃないと啖呵《たんか》を切って、とにかく家から離れることだけを目標にがむしゃらに勉強した。何としても東京に出る。だが――何のために？

子役としての役割は終わり、女優に未練もない、家を継ぐ気もない、今の私は何者だ？　その自問への答えは、出せないままだった。

とは言え、神酒島先輩に捕まったときに、そんな葛藤《かっとう》を顔に出したつもりはなかった。

それなのに――。

――蝶子、人生に何を望むよ？

神酒島先輩はあの日、私がもっともされたくない質問をしたのだ。それも吸い込まれそうになる海の底のような目で。

3

「ところで先輩、昨夜の宴《うたげ》の途中からエリカ嬢の姿が見えないのですが、大丈夫でしょうかね？」

先ほどからあれこれ考えていたエリカ嬢の件を持ち出してみる。

「発見されないうちからそんなことわかるわけないだろ」

神酒島先輩の言うのもごもっとも。

「まあしかし、うら若き乙女に万一のことでもあったらこのサークルが取り潰《つぶ》される。とりあえず、昨夜のあらましを話してくれ」

思わず先輩の目に見惚《みと》れていると、水を向けられた。

「そもそもなぜ飲み始めたのか、ですか」

「ああ、そのへんから頼む」

昨夜は新入生勧誘のためにキャンパス内に長机を設置できる最後の日だった。その日受付窓口となるブースにいたのは神酒島先輩をはじめ八名の諸先輩、それから不運にも捕らえられてしまった一年の男女が五人。

それでは少ないと思ったか、証子先輩が私に電話をかけてきた。――エリカ嬢もいるからいらっしゃいよ。

女子学生寮でごろごろしていたところを急遽《きゅうきょ》参加の運びとなったのだが、エリカ嬢はエリカ嬢で私が来るからと呼び出されていたことが現地で発覚した。証子先輩も面倒見のよさそうな振りをして案外したたかである。

そうして総勢十五名が揃ってさて飲み会。ところが、ここで諸先輩が、財布の相談を始めた。いや我々後輩だってもうちゃんとお金を出しますよと口を挟もうとするも、猛然と睨《にら》みつけられて返す言葉もなく黙っているうちに審議の結果の方針が告げられた。

――今日はクマコー飲み。

専門用語を出されてぽかんとしている新入生一同に証子先輩が解説したところによれば、戸山大学の創設者たる岩隈定信《いわくまさだのぶ》を称《たた》えた岩隈講堂の前で飲むことをそのように言うらしい。

クマコーは本部キャンパスと小道を挟んだところにあって、夕方六時なんてまだ学生がぞろぞろ歩いている。その真っ只中《ただなか》で飲むというのだから、楽しみにならないはずがない。今宵《こよい》はどんな醜態を晒《さら》す気かと、それまでの惨憺《さんたん》たる夜を見物してきた私は一人密《ひそ》かな好奇心を募らせていた。

それからほどなく酒も集まり、宴となった。ところが、ここで困ったことが起こった。エリカ嬢が「私はビールや焼酎《しょうちゅう》、日本酒の類《たぐい》は絶対に飲みません、カクテルしか飲みません」と駄々をこね始めたのだ。明らかに場の雰囲気を乱すその態度に当然上級生がだめにかかるだろうと思ったが、もうすでに飲み始めているので聞いていない者が半数以上だった。

さいわい、遠くにいたはずの神酒島先輩が地獄の聴覚で聞き取っていたらしく、やってきて「いいよ」と言うと、「おい、三鳥、なんか二本くらいカクテル買ってきてやれ」と指示を出した。

エリカ嬢の機嫌はこれで直った。もともとあまり酒に強いほうではないらしく、「二本も飲めるかしら」なんて、桜色のワンピースと同じ色に頬を染めて不安そうに言っている。

――そういえば歴史研究会はどうしたの？

――もちろんあっちもちゃんと入ってるわ。大学っていくつサークルに入ってもいいのよ。高校と違うんだから。

なかなかにアグレッシブな御仁だ。二つもコミュニティに属するのは精神的に無理と考え、本懐であったはずの推理研究会のほうをあっさり断念した私とは大違いである。

さて、一時間も経とうかという頃になると、もう人目も気にならなくなった。とはいえ、まだまだ授業が行なわれている時間だから講堂前で馬鹿騒ぎしているのは我々くらいのもので、これ以上ないほど目立っているのは当たり前の話。神酒島先輩は「自分たちを動くオブジェだと思ってしまえば問題ない」と言ったが、信頼には足るまい。

この日の飲みはことさらにタチが悪かった。二年生三年生が自虐ネタで勝手に暴走しはじめているのを、我関せずとしめやかに楽しんでいた一年男子にまで火の粉が降り注いだのだ。

――おい、おまいらこんな宴会ひとつ盛り上げられずに社会人になる気か？　クズか？　クズA、クズB、クズC。ド阿呆《あほう》！

誰がAで誰がBだかよくわからないが、体格のがっしりした副幹事長の大山《おおやま》先輩は言いながら「俺こんなにクズクズ言ったの生まれて初めてだわ」と嬉《うれ》しそうな顔になった。それを合図に一年男子たちの哀れなる暴走が起こり、女子たちもキャハキャハ笑いながら見ているうちにいつの間にか許容量を超えて飲んでいる。顔色ひとつ変わらないのは、生まれながら特異体質の私と素面《しらふ》と酩酊《めいてい》の別がつかない神酒島先輩、カクテル一筋を貫徹中のエリカ嬢だけで、周りはどんどん酔って醜態を晒しだす。

そのうち、出邑先輩が獣のように吠《ほ》えてクマコーの壁をよじ登り始めたかと思うと、三島先輩は千鳥足でふらふらと一年女子を口説いては断られを繰り返し、徐々にこちらに接近してくる。

神酒島先輩はといえば酔っ払い一年男子どもをけしかけて組み体操のピラミッドを作り始め、大盛り上がりの様子。証子先輩はそれを見て笑っているが、目は時おり三島先輩を監視しているようで厳しく光る。その目もだいぶ酔いが回っている。

そこへ神酒島先輩の大号令がかかった。

――諸君！　今宵の月はほのかに赤い。それなのに君たちの酒は赤くない。これは大いなる矛盾だ！

見ればたしかに月は赤みが差している。こんな夜には、と言って神酒島先輩が取り出したのは——タバスコだった。この辺りから明らかに宴会の趣旨はずれてきたのである。俺は十回タバスコをかけて酒を飲む、と誰かが自慢すれば、もう一人は俺は十五回だと豪語する。これを繰り返すうちにとんでもない量のタバスコが酒のなかに投入されることになった。

異界はすぐそこだ。赤い酒を赤い月の下で飲み明かすうちにもはや百鬼夜行の様相を呈しはじめる。気がつくとサークル会員でも何でもない輩《やから》までまじり、みんなへらへら笑い合いながら殴り合っている。

そんななかエリカ嬢は「やっぱり今日はお酒飲めないみたい」と言って一缶目でやめた。彼女のような人間がなぜこのサークルに残っているのかいささか不思議だったが、一人でいるときとサークルに来ているときの態度の違いを考えれば、まあ目当ての男でもいるのだろうと腑《ふ》に落ちなくもなかった。

具合が悪そうなので、バッグから水を取り出して渡してやる。一気にぐいぐいと飲んだ後はすっかり元気を取り戻し、エリカ嬢は「サンキュッキュ蝶子ちん」と言って立ち上がると、お手洗い、と言って席を立った。

サンキュッキュねえ……と思いながらも「はーい行ってらっきゅ」とよくわからない返事をして送り出すこと数分、証子先輩がぐでんぐでんの体でやってきて問う。

——三鳥の馬鹿、どこ行った？

——え？　知りませんねぇ。

——白々しい、あんた鞄《かばん》に隠したでしょ？

言いがかりをつけられてしぶしぶ鞄のなかを見せる。こんな小さい鞄のなかにあんな男を隠せるものかとは言わない。飲みの席には飲みの席の理《ことわり》がある。これはまったくたしかなことだ。ここでそのような正論を振りかざすのはかえって異常。悲しいかな、それくらいのことはこの七日間ですっかり学んでしまったのだ。

ついでだから財布とかポケットのなかも捜すふりをしてやる。もぉまただよあいつ、と証子先輩は嘆き節。

三鳥先輩には失踪癖《しっそうへき》があるらしく、だいたい二次会まで記憶がもっていたことがないのだそうな。だから二次会のお金は彼だけ翌日の徴収となる。多めに吹っかけられているのだが、それにも気づかずに払い続けている三鳥先輩は人が良いとも言えたが、神酒島先輩に言わせればそこは手数料とのこと。

——あいつは人一倍他人に迷惑をかけるから。

そう言っているあなたはタバスコ攻めにした張本人では？　とは尋ねなかった。もうこのタバスコ集団は制御不能。辛いから飲む、飲むから辛いの悪循環を繰り返すうちに赤い海の漁師となって全員ひとつの船に乗っている。目指すは巨大な鯨だと言って彼らが飛びかかろうとしているのは鯨ではなくてクマコーである。

——先輩、私は帰ります、捕まりたくないので。

――だいじょうぶだ、コロンブス、鯨には手も足もないから。

――誰が大陸発見者ですか。警察が嫌だと言っているのです。

――愚か者め、ここは大学の敷地内だ。警察など来るものか。

それはまったく知らなかった。ぼんやりしていると、男どもはクマコーに飛びかかる。もちろん赤煉瓦《あかれんが》はびくともしないから安全ではあるが、それでもセイヤートリャーと飛びかかっていれば建造物損壊罪で訴えられてもおかしくないところだ。

ふと見るとさっきまでまともに見えていた大山先輩は出邑先輩をおぶって筋力トレーニングに励んでいる――のではなくて、月を追いかけて走っている。もうすぐ追いつけるぞと戸山駅のほうへ向かって駆けていく。

先輩たちを放置して同学年としゃべろうと思うも、一年男子は鞄を背負って「これから授業に行ってきます、九時から一限が始まります」とわけのわからぬことを言う。おいおい今は夜の九時だとつっこむのも馬鹿らしく思われ、私はとにかくただ最後まで眺めていることにした。

4

「そのあと、けめこに流れ込みました」

〈けめこ〉というのは高田馬場にある定食屋兼居酒屋である。この〈スイ研〉の第二の溜《た》まり場のようになっている店で、店主のけめさんというのがまた酒を飲みながら料理をする女傑である。

我々が店に着いたときにはすでにへべれけに酔った状態で、全体に酒臭い。酒臭いのに料理はうまいものだから酒が進んでしまい、ここで酔い醒《ざ》ましにと鍋《なべ》を囲んだ者どもが相次いで撃沈。トイレに行ったままどこか外へ脱走してしまった者が複数。結局明け方まで店に残っていたのは酔いつぶれて眠ってしまった証子先輩と、酔いとは無縁な私だけだった。

「証子は酔うと泣くだろう?」

「泣きますね」

「あれは三鳥を好いているからな。不幸な自分に酔っているんだ」

「ひどい言い方ですね」

「三鳥みたいな女たらしを好きになったら嫉妬《しっと》深い女は報われないだろう。飛んで火に入る何とやらだ。そんなことより——俺は結局昨夜どこで消えたんだ?」

「けめこまではいましたよ。そのあと、そこにいた先客のクラブ店長と意気投合してましたね。女性の乳房の話でした」

「そんな話で何を意気投合するというんだ?」

「忘れたならいいですよ」

そうか、と言いながら先輩は大きなあくびをした。先輩は常日頃から少し酔っているように見える代わりに飲んでいても表情が変わらない。だから今日のように記憶がない、となって初めて酔っていたことがわかるのだ。

「それにしても――ろくに飲めもしないエリカ嬢が失踪したままというのは確かに妙だな」

「そうなんですよ。水を飲ませてあげた後、トイレに行くと立ち上がったところまでは覚えているんですが……」

「それと三鳥の怪我。膝《ひざ》と掌《てのひら》が擦《す》りむけて血だらけだった。失踪するのは毎度のことだが、負傷して発見されたのは今回が初めてだ」

「喧嘩《けんか》でもしたんじゃないですか？」

「それは――奴の酔いの理にそぐわないな」

「酔いの理？」

「酔った人間は、脆《もろ》さも強さもひっくるめて、その人の本性を表に出すものだ。あいつの場合、絶対に酔って攻撃的になることはない。それは、ほとんど唯一と言っていいくらいのあいつの美点なんだ」

「でも絡まれたらどうでしょうね？」

夜の戸山大学界隈《かいわい》は酔った学生を狙う危険な輩が多いと聞く。その手の人間に絡まれたとしても不思議ではないのだ。

「だとしたら、なぜ顔は無傷で済んだんだろうな。おかしくはないか？　殴り合いなら顔を狙うだろう。それなのに顔は無傷。怪我をしているのは膝と掌。奴は何をした？

ちなみに、失踪時刻は？」

「タバスコ投入の後でしたね」

「じゃあ夜の八時くらいだ」

「覚えてるんですか？　そんなことを」

「タバスコ投入は八時と決めてるんだ。ちょうど雰囲気がだらけてくる頃だから」

荒々しい盛り上げ方だ。ほかに盛り上げ方を知らないのか。

「エリカ嬢の失踪と三鳥の失踪とはどっちが先だ？」

「んん、どっちでしたかねえ。ほとんど同じくらいの時間だったような気もしますが……」

「ううむ。ほとんど同時ねえ……」

神酒島先輩は意味ありげにそこで黙り込んだ。男女がほぼ同時に失踪するというのは、高田馬場界隈の飲み会ではよく起こる出来事とも伝え聞く。先輩もその辺りを怪しんでいるのかもしれない。

そうなると、次は三鳥先輩をたたき起こして直接取り調べするしかないか、と勝手に捜査の段取りを組みかけていると、神酒島先輩は突然がばりと起き上がった。

「び、びっくりするじゃないですか。徐々に起きてくださいよ、徐々に」

「そろそろ二時になるな」

珍しい。授業に出る気なのだろうか？

「四限の宗教学の片桐《かたぎり》先生は講義で話した細かい小ネタを試験に出すタイプだってもっぱらの噂です。先輩もきちんと出ることをオススメ……」

「花見だ」

「え？」

想定外の答えに戸惑っていると、神酒島先輩は立ち上がる。

「はい学生注目！」

「なんだ！」まるで逆ドミノあるいはお札を貼られたキョンシーだ。その一言をきっかけとして、倒れていた二日酔いの面々がよみがえるよみがえる。私はその様子をただ黙って見つめていた。

一週間はこのまま寝ているのかと思ったが、どうも彼らの底力を見誤ったものらしい。

神酒島先輩は声を張り上げる。

「昨夜の飲み会を思い出すのが嫌な者！　恥ずかしくて生きているのが嫌な気分の者は挙手」

はい——私以外、全員が手を挙げた。

「花見酒で昨日の恥を流せぃ！」

号令を聞くや否ややんややんやと大盛り上がりに盛り上がり、ソファを跨《また》いで我先にと出口に向かう。

明け方五時まで飲んでいたのだから、今が飲酒前なのか飲酒後なのかもわからない。

だが、とりあえずこの流れは昨夜の百鬼夜行を彷彿《ほうふつ》とさせんでもない。

嫌な予感がする。毎日だけれど。

5

向かうは、本部キャンパスから戸山駅のほうへ直進した先にある文学部キャンパス裏手の戸山公園である。

入るのはこのときが初めてだった。入口からは考えられないほどその敷地は広大だ。まさか都心にこれだけの土地が余っていたとは。小さな家を一軒くらい黙って建てても問題ないだろうと思ってしまうほどで、実際同じ思考のホームレスの方々が多く散見される。

そこらじゅうで花見は始まっており、白昼堂々、傍若無人な酔っ払い学生たちの眺めが絵巻のごとく広がっている。もはや完全なる無法地帯。

ソメイヨシノの曖昧《あいまい》な色合いがちょうど落ち着かない心に寄り添い、羽目を外せと迫っているのがわかる。

この曖昧さが夜になればくっきりとした闇のなかでいっそう妖艶《ようえん》に立ちはだかるというのも、一種の不思議な現象だ。と、こう考えながら真っ先に思い浮かぶのは梶井《かじい》基次《もとじ》郎《ろう》の桜の樹の下には屍体《したい》が埋まっているという例のあれである。あれほどありえないことを断定的な物言いで言い放っておいて、なおかつ何の検証もされていないのに名言のようにして現代にまで残っているところからして不思議ではないか。

虚桔梗球尾休《きょききょうくびきゅう》、虚桔梗球尾休——。近くで鶯《うぐいす》が鳴く。

「おい、コロッケ」

神酒島先輩に呼ばれてハッと我に返る。

コロッケと蝶子では「こ」の一字しか合っていない。

「たしかにコロッケも私も衣をまとってはいますが……」

「手伝え」意に介さずに先輩は言って私の腕を引っ張っていく。冷たい手の感触に僅《わず》かに動悸《どうき》がする。

何を手伝うのかと言えば、どうやら酒代稼ぎである。要するに先輩方は、昨日散財してしまったために本日飲むためのお金は一銭たりとも持ち合わせていないのだ。

「落語に酒屋から一升瓶を借りてそれを花見の席で倍の値段にして売るという話がある。同じことをしたのでは芸がないから、お前あそこの野郎ばかりのところへ行ってお酌をして来い。十分経《た》ったら助けに行ってやるから」

「それ、もしかしてお酌代を取ろうっていうのでは……」

「そうだよ。これなら酒屋から一升瓶借りるより安上がりだ」

「ダメです、それは美人局《つつもたせ》というのですよ」

「なに、お通しみたいなものだ」

言葉を換えればいいというものではない、とは思いつつも行って来いと追い立てられてはどうすることもできずに、仕方なくその男衆だけの花見の席に一人で向かうことになった。

そのとき、私の目はあるまじきものを視界の隅に捉《とら》えたのである。彼らが盛り上がっている桜のすぐとなりの桜——その根元から赤いミュールを履いた生白い片足だけがニュッと突き出ている。

よく見れば、地面の窪《くぼ》みに女性がうずくまっており、その上から男物のコートがかけられているではないか。

桜の樹の下に——屍体が埋まっていたのだ。

6

どうやら男衆がその場所を選んだのもこれを見物するためのようであった。

「マイコプラズマ」背後から呼び止められて「はい」と返事をし、振り返ると、神酒島先輩がついてきていた。

「行かなくていい。もう餌は引っ掛けてあったようだ」

神酒島先輩は男どものところへ向かいながら、倒れている女とそれを凝視している男たちの姿が同時に入る構図で写真を一枚パシャリ。彼はとなりの樹の下の美しき屍体を指して言う。

「お前たち、あれを見ていたな？　その阿呆面《あほづら》、しっかとカメラに収めたぞ」

「な、なんだてめえは！」

「あれはうちのサークル会員だ。ほれ、一人千円。出せない額じゃあるまい。浅草《あさくさ》のストリップ行ったら十倍は取られるんだ。安いものじゃないか」

てやんでえと凄《すご》み出した者とおずおず財布の中身を探る者とがあって、これはこれで今後の参考に男という生き物を観察する良い機会。だが、それよりも神酒島先輩が堂々とうちのサークル会員だなんて言った嘘がバレはしないかと気が気でない。

それに——暢気《のんき》なことを言っているが、あれはもしかしたら死んでいるのではあるまいか？　この公園は文学部キャンパスにほど近い。どこかの文学青年が桜の樹の下に本当に屍体を埋めたのかもしれない。風流と猟奇の狭間《はざま》の殺人となると横溝《よこみぞ》先生か高木《たかぎ》先生かなどとミステリ好きの本能が疼《うず》き出す。

何はともあれ確認しないことにはミステリも始まらぬと考え、騒動のさなかに私は一人恐る恐る桜の樹の根元に近寄り、屍体の顔を確認した。

「わっ……え、エリカ嬢！」

驚いた。なんと屍体ではなく、静かな寝息を立てたエリカ嬢ではないか。サークル会員だという先輩の主張は嘘ではなかったのだ。

しかし、あの位置からは顔が確認できないのになぜ神酒島先輩はわかったのであろうか？　しばし考えて、ああ靴か、と合点がいった。赤いミュールは昨夜エリカ嬢が履いていたものだったのだ。

それはともかく——なぜ彼女はこんなところで眠っているのだ？

彼女の恰好《かっこう》は昨日と寸分たがわぬ桜色のワンピース。はて、この男物のコートは誰のものだろうか。

呼びかけながら抱き起こすと、エリカ嬢ははたと目を覚まし、辺りをきょろきょろ見回した。

「あらいやだ、私ここで何をしているのかしら？」

「それはこっちが聞きたいところですね。心配しましたよ」

ガールズトークを繰り広げていると、突如怒号が飛び交い始める。なにやら戦いが勃《ぼっ》発《ぱっ》した気配。

「見てたらなんだってんだよこの野郎！」

叫んでいるのは男衆の代表格と思《おぼ》しき、いかつい形相の男。学ランを羽織っているのはバンカラを気取ったものか。

神酒島先輩は男の激昂《げきこう》ぶりに対して、人を食ったように冷静な調子で続ける。

「美術館行ったら入場料払うだろう？」

「ここは美術館じゃねえだろうが！」

「そうか、この写真を大学の掲示板に貼って学生全員に訊《き》いてみよう。観覧料を払うべきかどうか」

言った途端、その顔にリーダー格の男の拳《こぶし》がめり込んだ。ふわりと後方に倒れる神酒島先輩。すると場所取りを終えて我々を捜しに戻ってきた大山先輩と出邑先輩が現れて飛びかかっていく。

遅れて三鳥先輩も現れたけれど、昨日の酔いが残りすぎているのかもともと非力なせいかてんで戦力にならない。ぼかすか殴られて泣き喚《わめ》いている。昨夜の傷も痛むのだろう。

「う……きぼちわる……」と傍らでエリカ嬢。

そんなに飲んでいないだろうに。たった350mlのカクテル一缶を昨夜飲んだだけ。それで翌日まで気持ち悪くなるとは、よほど肝臓が弱いのだろうか。

仕方なしにまた専用ボトルのウォーターを飲ませてやる。

「ありがとう」

と言って一思いに飲み干してしまうと、すっきりしたような顔になって謝罪をする。心配かけてごめんチャイチャイ。美人なわりに愛嬌《あいきょう》のある挨拶《あいさつ》。ふだんはクールな令嬢だというのもあいまっていっそう愛すべきキャラクターに感じられる。私が男であったらこういう女の子を好きになるかもしれない。

なんてことを思っているとむぎゅっと抱きつかれる。わわわわっ。

男どもが血を見る大乱闘を繰り広げている隣で女二人がいちゃついているのはそれはそれで問題な気がしなくもない。

「すまぬ、姫」

姫？　きょとんとしてしまった。神酒島先輩にいろんな呼び名で呼ばれるせいで思わずこれにも返事をしかけたのだが、いや待て自分のどのへんが姫なのだ、と考えて思いとどまった。

だが、エリカ嬢はまるで気にする様子がない。

「姫、戦わねばなりませぬゆえ、これにて失礼つかまつりまする」

おい何キャラなのだ、ともの申すことも憚《はばか》られていると、彼女は突如男どもの乱闘に向かって走り出す。

「エリカ嬢！　危ない！」

叫んだときにはもう遅かった。

彼女は、すでに戦火に飛び込んでいた。そして男どもに次々と肘《ひじ》うちを喰《く》らわせると、その中で蹴《け》られて蹲《うずくま》っていた三鳥先輩を救い出したのだ。

「貴様ら、儂《わし》の馬に何をしようらすか！」

エリカ嬢は三鳥先輩にまたがると、その尻《しり》をべしべしと叩《たた》き始めた。

「進め！　進め！」

まだ酔いが残っているらしき三鳥先輩は言われるがままにもぎょもぎょと四つん這《ば》い

になって進み出した。

男たちは戦いの手を止め、呆気《あっけ》にとられてその後ろ姿を見ていた。

私は馬を走らせるエリカ嬢を追いかけた。ところが、彼女はびしばしと馬をけしかけて突き進もうとするのに、この屁《へ》垂れ馬は頼りなくすぐに倒れてしまったのだ。

「この駄馬め！　立たぬか！」

エリカ嬢は降りて三鳥先輩を蹴りまくる。

「ダメですよ、エリカ嬢」

「これはほり殿。たいへんお見苦しいところを」

私はしばらく彼女を見つめていた。いつの間にか私はそういう名前になってしまったようだ。名前をなくすのは得意中の得意。さして気にも留めずに「お構いなく」と返すと手の甲に接吻《せっぷん》をされてしまった。

なにが起こっているのかわからぬものの、ひとまず手を握られるので逆に握り返して自由を奪っておく。

向こうの野郎戦《やろういくさ》はどうなったものかと見ればこれはすでに収束しており、敵味方の区別もなく酒など酌み交わし始めている。もう完全な宴会だ。挙げ句に大学校歌を熱唱しながら一升瓶をぐいぐいと飲みまわし始め、最後には肩まで組む体たらく。男という生き物の暢気さに呆《あき》れはするけれど、まあひとまずめでたしめでたし。

うまいことタダ酒にあずかっているのだから、これもまた神酒島先輩の計算のうちなのではないかと勘繰らないでもない。それにしても桜の樹の下に屍体《したい》が埋まっているわ、大乱闘は起こるわの大変な騒ぎであった。と——一息つこうかというときだった。

名前を呼ばれた気がした。

振り返ると、エリカ嬢が私の唇に彼女の柔らかな唇を重ねる。

やんややんや。

やんややんや。

騒ぎ立てられること限りなし。だが、そんな歓声さえ私にはずいぶん遠くの音に聞こえた。

私は——生まれて初めて口付けなるものを交わしたのだった。

7

「美女とトヤ女がキスをしているぞ！」

誰かがはやし立てるその声でようやく我に返った。

ひとまずていやとエリカ嬢を押しのけ、口を拭《ぬぐ》った。

「あの……私にはそういう趣味はさらさら……」

「せ、拙者が趣味でないと申すか！　この百戦錬磨の兵《つわもの》が！」

「ああ、いやいやそういうわけではなくてですね……」

酔いの世界には酔いの世界の理《ことわり》がある。だが、それが見えない場合はどうすればよいのか。

「まあまあご両人。歌うぞ！」

言い出したのは、神酒島先輩。

お仕置きと称して証子先輩に馬乗りされている哀れ三鳥先輩をその場に残し、〈スイ研〉メンバーは男衆のシートに靴を脱いで上がりこむ。円陣を組み、大合唱である。

「戸山大学応援歌ー！『青碧《せいへき》の空』、それー！」

それーって言われてもそんな歌は知らない。知らないけれど、とりあえず周りに合わせて歌う。エリカ嬢もなんじゃなんじゃこれはと言いながらもだんだん乗ってきたようで大声を出して歌い出す。

そのさなかに——事件が巻き起こった。

突如エリカ嬢が脱走したのである。それも鳶《とび》のような速さで。慌てて追いかけるもそう簡単には追いつけない。

スカートのめくれるのも気にせずに走る走る。

見ればエリカ嬢の前方によたよたと走り逃げる男がある。ホームレスの男性だ。その手には二足ぶんの靴が握り締められている。

「あ！　あれは俺の靴だ！」

叫んだのはほかならぬ神酒島先輩。

「わ！　俺のもない！」とこれは敵方の総大将。

おのれ、あやつめ！　敵も味方もなく皆全員が一丸となって追いかけるが、しょせんは千鳥足の集団。よったらよったらと追いかける彼らよりもエリカ嬢の俊足に期待するのがいちばん。

そうこうする間にエリカ嬢はとりゃあああああああと男の背中に蹴りを喰らわせて倒す。がふっと言って倒れた男は靴を放り投げて逃げようとするも、そのうえにエリカ嬢がえいと飛び乗りぽこぽこ叩く。

やっとたどり着いた千鳥足集団がホームレスを取り囲んで見るに、男は裸足《はだし》で汚れて痛そうだ。これではあんまり可哀想だと協議していると、証子先輩がやってきて、一足の男性用革靴を差し出す。

「この靴は要らないので、あげます。三鳥は今日より馬になるから」

と言ってほいと投げた。「ついでにこれも」とバサリと寄越したるは黒い男物のコート。眠っていたエリカ嬢にかけられていたものだ。「あう……僕の……」すっかり涙目の三鳥先輩を誰も振り返らない。そうかあのコートは三鳥先輩の……ん？　すると、どうなるのだ？

もしや――昨夜やっぱり三鳥先輩とエリカ嬢は一緒に消えた？

ありがとうございますありがとうございます、と泣いて喜ぶ男性にみな良かったなと肩をポンポン叩いたりなんだりして、これにて一件落着とばかりに三本締め。

「え……あら、私……」

両手を口に当てて青ざめているのはエリカ嬢だ。それから自分が組み敷いているものの正体を察するに至ってぎゃあああああと叫び声を上げると、失礼します、と言い置いて逃げ出してしまった。

残された集団はぽかんとした顔で去り行く彼女を見ている。

桜の樹の下に埋まった美しい屍体は——まだ明るい春空の下、公園の小路《こみち》を逃げていった。

8

反省会は〈けめこ〉で行なわれた。大半の人間は夜の高田馬場の街のなかで徘徊《はいかい》するゾンビと化しており、ほぼ現地解散に近かった。反省会に参加したのは大山先輩と神酒島先輩と私の三人だけである。

今宵《こよい》のけめさんは辛うじて素面《しらふ》だった。ぶり大根にきんぴら牛蒡《ごぼう》、肉じゃがと甘やかなる手料理がアルコール漬けの胃腸に優しく浸透する。

大山先輩はひとしきり今日の騒動について幹事長の仕切りが悪いと神酒島先輩を責め立てると、そのうち目がとろんとしてきた。前の晩から自ら最前線で飲みつつ面倒見役にも回る活躍だったからさすがに眠たくなってきたようだ。眠くなってくるとどこそこ構わず眠ってしまうのはこのサークルの人の共通した特徴と言えるかもしれない。

すぐさま静かな寝息が聞こえてくる。

「こいつ、年々小言が増えるんだよ」神酒島先輩は私に酒を注ぎながら言った。

「さて、と。それじゃあ、反省会だ。桜の樹の下には屍体が埋まっていると、梶井基次郎は言っていたね。坂口安吾《さかぐちあんご》の小説にも『桜の森の満開の下』というのがあってこれは結構不気味な話だ。とかく桜には人を錯乱させる魔力のようなものがある」

「いま、駄洒落《だじゃれ》言いました？　桜が錯乱」

「さて、そもそもなんで屍体が埋まっているなんて梶井は言い出したのか」無視か。

「どうも桜と死とはセットになって日本人の心に去来するもののようだ。案外、戦国の世には実際に桜の樹の下に戦死兵を埋めていたのかもしれないな」

「実際に――ですか？」

「そう。たとえば、それがエリカ嬢失踪《しっそう》の理由とは考えられないか？」

「ど、どうしてそうなるのですか？」

何を突然言い出すのやら。戸惑っている私に神酒島先輩はさらりと返す。

「今日のエリカ嬢よろしくあの桜の樹の下にはこのへんで死んだ侍が眠っていたのかもしれない」

「きゃあこわい」

今更女子を気取ってみたが、やはり無視された。

「それで亡霊が彼女の身体に憑依《ひょうい》した」

冗談のような冗談でないような。

いつでも真顔で話すのでそのへんがわからなくなる。

しかし——。

「そう言えば……今日エリカ嬢は私のことをほり殿とか呼んでいましたね」

神酒島先輩はこちらの反応を見てニヤリと笑っている。

「けめさん、ほり殿と言えば？」

なぜここでけめさんに話題を振るのかと思っていると、予想外の早さで彼女が答えた。

「そりゃ決まってますよ、高田馬場の決闘」

「え？　高田馬場の決闘？　今日の決闘のことですか？」

「ちがうちがう」と先輩。「知らないのか？　高田馬場の決闘。赤穂《あこう》浪士で有名な堀部《ほりべ》武庸《たけつね》の活躍談だ。あるいさかいから村上《むらかみ》と菅野《すがの》の二藩士が決闘することになる。村上の側は多数の家来を集めているのに、菅野は奉公人と草履取りの二人しか集められない。やむなく菅野は、討ち死にした場合に妻子を頼む、と中山安兵衛《なかやまやすべえ》——後の堀部武庸——に頭を下げた。ところが、安兵衛は首を縦に振らずに代わりにその決闘についていくと申し出て——全員やっつけてしまうんだな」

「全員……一人でですか！」

「後の講談によれば十八人斬りとも言われるが、これはちと水増しが過ぎる。その半分くらいだろうな」

「それでもじゅうぶんすごいですよ、私そんなに人斬ったことないですもん」

「だろうな」

「それで、ほり殿はその話のどこに登場するのですか？」

「それよそれ。この安兵衛と後に結婚することになるのが堀部ほり。この決闘の際に運命的な出会いをしたとも言われている」

ほうほう、と頷《うなず》きながら、合点が行かぬのが、その話が今回の件にどう絡んでくるのかというところだった。

「つまり……どういうことですか？」

「鈍いな。酔っ払った彼女は土地柄を反映して高田馬場の決闘の世界に入り込んでしまったのさ。それで安兵衛になりきった」

桜の樹の下にうずくまる美しい屍体《したい》が頭のなかに再現される。そうか、桜の樹の精霊が安兵衛を乗り移らせたのか……。

「いやいや、そうじゃなくて」と先輩はこちらの脳内を読んだように否定する。そして曰《いわ》く。「彼女は歴女なんだろ？」

「そうです、歴史研究会にも所属しているはずです」

「俺の知り合いにもいたよ。歴史を覚えるなら歴史の人物になりきるのが手っ取り早いとか言っていろんな人物になりきってる奴が」

「……つまり、霊が憑依したんじゃなくてただなりきっていたってことですか？」

「そう考えると昨夜の三鳥の失踪理由がわかる。あいつ、ズボンの膝《ひざ》が破れて血まみれだったろ？　たぶん、昨夜も今日みたいにエリカ嬢に馬にさせられてたんだ」

「二日続けて馬ですか……」

「そういう男だ、あれは。一生馬で過ごせと言われてもうっかり返事をしてしまうだろう」

自分がなさすぎる。人のことは言えないが、三鳥先輩は主体性のなさにおいてはちょっとした国宝級と言えるかもしれない。

「それじゃあ、昨日エリカ嬢が失踪したのは安兵衛になっていたから？」

「あの時代の高田馬場というのはいまの西早稲田《にしわせだ》界隈《かいわい》のことで戸山公園にもほど近い。戦いに参加するために馬を走らせ、公園の辺りで酔いが醒《さ》めた。明け方だから寒くなったんだろう。ウサギでも暖を取るために穴を掘る。恐らく三鳥に桜の樹の根元に穴を掘らせてから帰れと命じたのだろう」

「ああ、それで桜の樹の下で眠っていたのですね？」

「この季節はよく雨が降るから地面も柔らかくて多少は掘りやすかったはずだ。それから三鳥は彼女にコートをかけて場を離れた、と」

馬になったり犬のように土を掘ったり、三鳥先輩の大活躍に頭が下がる。

しかし――。

「それにしても、彼女はなぜ昨日そんなにも酔っ払ったのでしょうか？　たったカクテル一缶ですよ？　それに今日に至ってはまったく飲んでいません」

「じつはそれにはお前の勘違いが関与している」

そう言って神酒島先輩は私を指の鉄砲で撃つ真似をした。

私は——撃たれたふりをしてのけぞった。

9

「勘違い？　何ですかそれは」

死んだふりを終えて私は尋ねた。

「お前のペットボトルの中身、あれは何だ？」

「あれは実家から送られてくる水で」

「お前、あれを小さい頃から飲んでいるのか？」

「ええ、まあ。うちは酒蔵ですから、父が水にはこだわりがあるらしくて」

なるほどね、と言いながら、意味深に黙る。

「な……なんですか、この間は」

「焼酎《しょうちゅう》甲類って知ってるか？」

「しょうちゅうこうるい？　何ですか？　動物ですか？」

「お酒の種類だ。もういまは酒税法が改正されてこの呼び名はなくなったんだが、かつては焼酎に甲類と乙類とがあった。伝統的な乙類に対して連続式蒸留機で蒸留している新式の焼酎のことを言ったんだ。伝統的な焼酎に比べて風味は没個性的、もっぱらチューハイとかカクテルのベースに用いられる」

「それがどうかしましたか？」

「だからさ、お前のペットボトルの中身だよ」

一瞬——頭のなかが真っ白になった。こんなことは子役時代に撮影で台詞《せりふ》をド忘れしたときでさえついぞ経験がない。

「し……焼酎を私が毎日飲んでるって言うんですか！」

私が毎日飲んでいる水がお酒？

「無臭に近いから普通の人間はあまり気にならないんだろうが、俺は日々酒びたりだから大概の酒は嗅《か》ぎ分けられる。最初の出会いを思い出せよ。高田馬場のロータリーでお前さんを見つけたとき、俺は焼酎甲類の匂いが気になって声をかけたんだ」

私は黙っていた。理解できないわけではなかった。

酒豪で知られる山内容堂《やまうちようどう》を崇《あが》めて開業した先祖伝来の酒蔵を、一人娘の私に継がせたい父は、早くに結婚して女優の夢を捨てた母が子役オーディション道楽に乗り出したときも、反対していた。しかし、まさかように狡猾《こうかつ》なる酒教育が営まれていようとは。

「ゆるせん……！」

「まあまあ。おかげでお前はどんな強い酒にも酔わない特異体質になったわけだし、よかったよかった」

「ちっともよくないですね」怒りに震えながらそう言ったが、ここで怒っても始まらぬと気持ちを切り替えることにする。

「えーと、それじゃあ、まとめると、アルコールの適正量を超えたがために、歴女の本領を発揮して安兵衛なる歴史上の人物の人格になりきり、三島先輩を馬にしたというのが昨日今日のからくりだったわけですね？」

「表向きはな」

「え？」

きょとんとしてしまった。だってたった今長々と歴史の講釈までしてみせたのはほかならぬ神酒島先輩ではないか。

すると、先輩は突然妙なことを尋ねた。

「お前、子役時代、役に入り込んで役柄に感情移入しすぎた経験はないか？」

思いもよらぬ古傷に触れてくるものだ。

「まあ、はい、ありましたね」

出世作となったドラマの役が大人の男を見るとすぐに蹴《け》りたくなる貧乏人の娘役で、撮影期間、プライベートでも凶暴な性格になっていたことを思い出した。

「逆の場合もあると俺は思う。エリカ嬢の場合、酔っ払うと、彼女の心が都合のいい歴史的人物のキャラクターを操ってしまうんだ。それが——彼女の酔いの理《ことわり》なのさ」

「何が言いたいのですか？」

「なんでカクテル二杯も飲めない奴がスイ研に居座ってるんだろうな？」

「だから……」

だから何を言いたいのだ、先輩は。

わからない。

けめさんが何かを炒《いた》め始める勢いのよい油の音が店内に響く。

そのさなか、神酒島先輩が言葉を放った。

「思うに、彼女の目的はお前なんじゃないだろうか」

一瞬、音が消えた。目は厨房《ちゅうぼう》から立ち上がる湯気を意味もなく追い続けている。そんな馬鹿な。エリカ嬢が私を？

「わ……わたしですか？」

「あの日、ロータリーで俺は真っ先にお前に気づいた。そのとき、背後からじっとりとついて来ていたのが彼女だ。昨日のクマコー飲みにしても、証子の馬鹿がお前も来ると話したら途端に行くと言い出したらしいからな。それに飲み会の最中でも、お前が席を外すと途端にオヤジみたいに煙草をスパスパ吸っていた」

「そんな……」

サークルでは吸わないと思っていたが、私の前だけだったということか。呆然《ぼうぜん》としているこちらに先輩はさらなるボディブローを繰り出す。

「歴史上の人物になりきってはいたが、今日のキスはどうだろうな？　あれは、演技の下に覗《のぞ》いた彼女の本心だったかもしれんぞ。飲み会の席での彼女の態度もそう考えると納得がいく。お前にも思い当たるフシはないか」

そう言われて改めてエリカ嬢との出会いから考えてみた。たとえば新歓コンパの恐ろしさを私に教えたのは何のためだっただろう？　あれは——親切心ではなかったのかもしれない。それに、昨日のクマコー飲みでは、失踪《しっそう》直前まで私のそばから片時も離れず、寄ってくる男どもを撃沈させていた。

お嬢様風の容姿から、勝手に同じ女子高気質の同性友愛的振る舞いと思っていたが、今日の戸山公園での乱闘騒ぎを見るに、彼女は案外姫君を守る騎士的素養があったのかもしれない。

エリカ嬢の声がよみがえる。あのとき、演技の仮面がはがれ、彼女は「ほり殿」ではなく、「蝶子」と口にしたのだろう。

何て真っすぐで勇敢なのだろう。私には、その想いに向き合う勇気があるのだろうか？

「高校と大学のいちばん違うところはどこか？　規範が何ひとつないってことだ。これまでは制服を着せられて、ああせねばこうせねばのがんじがらめだったのが、やっちゃいけないことが何もない、すべて自分の思いのままにできる世界にやってきた。自由は

──恐ろしいぞ」

「自由は……」

その通りだった。自由は恐ろしい。それまで身の回りにあった囲いを、すべて外部からのお仕着せだと撥《は》ね除《の》けてみると、不定形などろりとした世界に放り出されることになる。

「彼女は、記号を与えられた世界から飛び出して、初めて自分の気持ちと向かい合った。自分の心の動きを見つめた。何に興味があるのか、何がしたいのか、誰を好きなのか──

──」

そこでいつになくきりっとした目で、神酒島先輩は私を見た。

酒に反応しない頬がぽおっと染まる音が聞こえる。

「自分の心の動きを……ですか」

神酒島先輩はゆっくりと杯を乾かした。

「必死で生きてるのさ、みんな。お前でさえそうだ。違うか？　坂月蝶子」

「フルネームやめてください」

私でさえ、必死で生きている──そうなのだろうか？

有名子役・坂月蝶子はもうどこにもいない。ここにいるのは、一枚も未来地図を持ち合わせない名無しの幽霊だ。

「答えの見えない闇を歩くのは、ただそれだけでとてもしんどい。そうだろ？」

「……そうですね」

そうですね、と私は心のなかでもう一度唱えた。桜の樹の下に眠る美しい屍体《したい》が目蓋《まぶた》の裏に浮かぶ。春の幻。その美しさも醜さも、すべてが今に凝縮されているような気がした。

青春は——長いトンネルだ。

誰もが目をつぶりたくなるほどのまばゆい光を目指して走っているはずだけれど、トンネルの真っ只中《ただなか》では光は見えない。

ふと、神酒島先輩に目をやる。

彼はもう今はけめさんとの雑談に興じていた。先輩は、名無しで生きる今この時が怖くないのだろうか。

その横顔からは、何も読み取ることはできない。

でも——ひとつだけたしかなこと。神酒島先輩といると、トンネルのなかで月に出会えたような奇妙な安堵感《あんどかん》がある。今日の接吻《せっぷん》が神酒島先輩とだったなら……足音を消して忍び寄るその妄想を、急いで脳内からリムーヴした。私は起こった事象にしか対処しないリアリストだから。

「おいオチョコ、まさか酔ったか？」

「酔いませんよ」

私は杯を乾かした。

「オチョコって渾名《あだな》、いいな」と先輩。

「異議を唱えますね」

本当は、酔っていたのだ。

いくら飲んでも酔えないくせに――酔っていた。

決闘の後の――花酔いの理《ことわり》に。

球酔いロジック

Tamayoi Logic

I

逃亡犯みたいだ。

ゴールデンウィークの最終日、私は故郷に別れを告げ、東京《とうきょう》へ向かう新幹線に乗り込みながら、そんなことを思った。

右手には缶ビール。何本飲んだところで自分が酔えない体質なのはわかりきっているのに、ふと、アルコール以外の理解者などいないような気持ちになってキヨスクで購入してしまった。

あんなにいやがって逃げ出した土地なのに、帰り際にはもうすっかり身体の徳島細胞が覚醒《かくせい》しており、再び彼らを眠らせるには、酒しかないように思われたのだ。

逃げてやるんだから。

何のために？　そんなの、知らない。

でも、とにかく私は東京に向かう。そこに「何故」はない。ホワイ・ダニット。そんなことは私の人生においてはどうでもいいことになりつつあった。少なくともこの四年間はモラトリアム。何者でもない自分を愉《たの》しむだけだ。

だが、そう割り切っているわりに、このもぞもぞと落ち着かない気持ちは何だろう？

まるで糸の切れた凧《たこ》のようだ。

もっとも、そんな気分は到着後の女子学生寮の鍋《なべ》パーティーで水にふやけて溶けてしまい、翌朝、大学十五号館一階のカフェ〈エイスケ〉に着いた頃には、もはや「何」と括《くく》れそうな感情は存在しなくなっていた。

きっと、異国まで逃れた逃亡犯ってこんな心境に違いない。

「みんなそうなんだよ。一年の五月ってさ」

〈エイスケ〉で珈琲《コーヒー》を飲みながら『子規《しき》句集』を読んでいた神酒島先輩に新幹線で自分の感じたところをぼんやりと伝えたところ、少しばかり安心させられる答えが返ってきた。

ここは我らが〈スイ研〉の溜《た》まり場である。〈スイ研〉と言われてもピンとこないかもしれないが、正式名称が〈酔理研究会〉だと言えば、何となくおわかりいただけるものと思われる。要するに夜毎酒を友とする会であり、その基本ポリシーは酒を飲むがために飲むことにある。私は〈推理研究会〉と勘違いをしてこのサークルに入会してしまった哀れな子羊なのだ。

――酔い以外一切無関心の姿勢で臨むことによって得られる真理がある。

これは神酒島先輩の言。彼はときに酔いの論理によって複雑に絡み合った人間関係の糸さえも解いてみせる。

「え、みんなって、みんなですか？」

「はい……と返事をしましたが、私べつにその渾名認めたわけでは」

「かと言って坂月チョはないよな？」

先日、私はほかのサークル員に名前を聞かれ、過去の有名子役として広く知られた本名・坂月蝶子を隠したいがために、とっさに坂月チョと名乗ってしまったのだ。

「いまどきなかなかいないだろう。チョなんて」

「そうですけど」

「まあ、それはともかく」と神酒島先輩は仕切り直す。「大学一年の五月は誰もが〈孤独か恋か病《びょう》〉にかかっている」

「〈孤独か恋か病〉……ですか」

「一度帰省するからなのかとも思ったが、東京出身の者もかかるようだからそうとも言い切れない。が、原因はわからぬものの、みんな症状は同じだ。人恋しくなってコミットを求め、ある者は恋人を作り、それができない者は反動から理解者など誰もいないのでは、という苦悩に陥ったりする」

「はあ」

私はまだ誰も求めてはいないし、孤独でもない。でも、それはもしかしたら女子寮でいやになるほど人と接しているせいかもしれない。

「この時期からなんだよな、急にカップルが増えるの」

「オチョコ」

「え……あ、アベックですか」

「なぜわざわざ古い言い方に直す」

「好きなんです、この言い方」

フランス語で「一緒に」という意味の〈アベック〉のほうが、「一組の」という〈カップル〉より個人的には性に合っている。異なる人間が一組になどなれるはずがない。せいぜいできるのは寄り添うことくらいではないのか。

「まあ、お前は先天性〈孤独病〉だから、深刻な症状には陥らなそうだな」

謂《いわ》れもなくけなされているようだ。ムッとしている私を無視して、神酒島先輩は続けた。

「ところで、五月に始まる恋愛は空回りすることも多い。好意から始まっているわけじゃなく、人恋しさが先にあって相手の性格にまで目がいかないままスタートするせいだろうな。まあ、運よく本物の恋に成就するケースもあるんだろうが」

「ふむふむ。ミッキー先輩がそれほど恋愛にお詳しいとは知りませんでした」

「この時期のアホどもに詳しいだけだ」

「ああ、そっちでしたか」

そのとき、すっと神酒島先輩の手が頬に伸びてきて、私は一瞬ぐっと身構えた。見つめているのに、同時に何も見ていないようで、なのに少しも酷薄な感じを与えないあの瞳《ひとみ》がすぐ目と鼻の先にあった。

海の底。私はその瞳をそう名づけていた。

心臓が飛び上がるほどバクバク言っていて、顔がやけに熱くなる。

「眼鏡、ずれてる」

神酒島先輩は頬に手を伸ばしたのではなかった。眼鏡のフレームの部分をそっと指で押し上げてくれたのだ。

人騒がせな。私の心臓はそれほど強くないのに。

だが、もちろん神酒島先輩は、そんな私にはお構いなしだ。

「まずもって孤独というものが架空の生物であることを義務教育でもっと教え込んだほうがいいと思うね」ここで先輩は、息継ぎをする。「馬鹿なのか、寂しさ余って恋わずらい」

「おお、俳句……」
五、七、五の定型句。
「正岡《まさおか》子規は偉大だぞ、孤独が架空生物であることを理解していた」

「孤独は架空生物なのですか？」

「そうだろう。基本的にはあれだよ、孤独ってのは期待過剰がもたらすフラストレーションだ。人としゃべりたいけど、しゃべっても思うようにコミュニケーションが成立しない、この溝が孤独だ」

「溝ですか……」

妙に感心していると、不意に背後から暗いオーラが近寄ってきた。

「たしかに孤独はフラストレーションかもしれませんね」

地縛霊のごときどんよりとした声が降ってくる。

「その声は……」

振り返ってその人物を確かめる。声の主は、四月の後半から入会してきた二浪生のモッキンだった。渾名《あだな》の命名はもちろん神酒島先輩。どうしてかように珍妙な渾名がついたかというと、男のくせに甲高くて、そのくせ真綿に包まれたように柔らかい声をしていたからだ。「お前の声は木琴みたいだな」と先輩が言った瞬間から、サークル内での渾名はモッキンに決定してしまったのだった。

本名を内野《うちの》というこの男は、アフロヘアがトレードマークの教育学部生だ。本懐はギターサークルだったのだけれど、協調性のなさから追い払われ、いまは〈スイ研〉の飲み会でジョニー・サンダースというギタリストについての講釈を垂れては疎まれている。一度など岩隈講堂前で飲むのに自慢のギブソン・レスポールを持参して弾き始めたために、そのギターを破壊されかけた。

ふだんは威勢のいい男なのだが、今日はアフロヘアさえぐんにゃりしているように見えた。もともと細い目が力なく垂れ下がってくっつき、何度も溜息《ためいき》をつく。

「ほら、ここにも一人〈孤独か恋か病〉がいた。まあ、この病に効く薬はいまのところひとつだけ。幸い、来週にはその薬が手に入るから安心しろ」

「それ、何ですか？」と私は尋ねた。

「戸恵戦《とけい》だ」

戸恵戦は、戸山大学の古くからのライバル校恵塾《けいじゅく》大学との硬式野球試合の名称だ。毎年戸山大学、恵塾大学を含む六大学がリーグで優勝争いをし、半期に一度の優勝決定戦が行なわれる。そのリーグ最終試合に当たるのが、戸恵戦なのだ。観戦に訪れる各校の学生たちは優勝如何《いかん》にかかわらず、その夜にそれぞれの聖地で大騒動を繰り広げるというのは、大学内では知らない者がいない常識であるらしかった。

来週の土曜日は〈スィ研〉で団体席をとって観戦するというので楽しみにしていたのだ。しかし――その〈戸恵戦〉が〈孤独か恋か病〉の特効薬になるとはいったい如何《いか》なる論理であるのか。

すると、モッキンがひときわ特大の溜息をつきながらこんなことを言い出した。

「じつはその戸恵戦が孤独の原因なんですよ」

2

「そう言えば、お前、こないだわざわざ電話してきて戸恵戦に行くのやめましたって言ってなかったか？」

「いや、行くことは行こうと思ってたんですよ。ただスィ研で観戦しないだけで」

「ほう。ロック野郎のくせに野球観戦も好きなのか？」

「ジョニー・サンダースは十三歳のときにドジャース球団にスカウトされたくらいの野球少年だったんですよ」

「サンダースナントカはそうかもしれないが、お前が野球観戦する動機にはなっていないな」

「サンダースに間違いはないってことです」

力強くモッキンはそう宣言した。貴重なエネルギーをこの瞬間に使い果たして、直後に再びうなだれる。

「まあいいや。んで、なんでその戸恵戦が孤独の原因なんだ？」と神酒島先輩。

「じつは——」

モッキンはことの次第を語り始めた。

このゴールデンウィーク中、モッキンは男子寮を離れて青森《あおもり》へ帰った。貧乏学生の彼は鈍行乗り継ぎ一人旅作戦を敢行したのだが、その電車のなかで運命の出会いを果たしたのだという。

弥生《やよい》という名のその女性は、スミレ色のミニスカートに、早くも半袖《はんそで》の白いTシャツを着ていた。彼女はモッキンを見るなり怒ったような口調でこう言った。

——キミ、戸山大学の学生でしょ？　その髪、ちょっと目立ちすぎ。いつも視界に入ってくるんだけど。

——え……う、す、すいません……。

モッキンがへどもどしながらそう答えると、彼女はクスリと笑った。

——長旅の話し相手になってくれたら、許す。

——ほ、ほんとですか？

それまで視界の隅でちらちらと彼女を捉《とら》えていたモッキンは向こうから声をかけてくれるとは思わず、すっかり舞い上がってへどもどしながら自己紹介をした。弥生は法学部の三年生だった。現役生だから二浪で一年のモッキンとは実質同い年だ。

——へえ、モッキン君か。ちょっと、訛《なま》ってるね。

そう言ったときの彼女もまた、意識的に訛っていた。もしかして、とモッキンは思って、こう尋ねた。

——どさ？

〈どこ行くの？〉の意味だった。

すると、弥生は楽しそうに笑ってから答えた。

——あぉもりさ。

奇《く》しくも、二人とも津軽《つがる》の出身だったのだ。とたんにローカルな話題で盛り上がり、時間も忘れてしゃべりながら故郷へ帰った。そして、帰省中にも何度かモッキンのほうから誘って食事に出かけた。

音楽の趣味はかぶらなかったが、幸い二人とも野球観戦が大好きだった。プロ野球好きのモッキンに対し、弥生は大学野球マニアだった。特に戸山大学の硬式野球試合は何度も観ているらしく、大学野球の良さについて熱弁を振るった。

そこでゴールデンウィーク三日目、モッキンは突如神酒島先輩に戸恵戦観戦チケットのキャンセルの電話をし、代わりに独自でチケットを購入しようとネットのオークションをじりじりと調べ、前売りペア券を競り落としたのだった。

そして昨日の夜、東京に戻る電車のなかでその話をした。

――今度の戸恵戦、一緒に観に行こうよ。

すると、彼女の顔色が悪くなったと言う。

「電車酔いか？」と神酒島先輩は尋ねた。

「違いますよぉ」

「食べ物が喉《のど》につかえたとか？」

「……そんなわけないじゃないですか」思わず私もとなりからそう突っ込まずにはいられなかった。

「彼女、しばらく曖昧《あいまい》に頷《うなず》いて話を聞いてくれてたんですけど、東京に近づいた頃にきっぱりと言ったんです」

弥生は宇都宮《うつのみや》から上野《うえの》へ向かう電車の中で、ひとつの季節が終わったようにきりっとした表情に戻ると、こう言ったのだという。

――でも私、もうこの二年間戸恵戦はたっぷり見てきたし、デートがしたいなら映画にでも行こうよ。

「それまで映画の話なんかお互いこれっぽっちもしたことなかったのに、急に映画を観ようとするなんて変でしょう？」

「見飽きてるんじゃあしょうがない」と神酒島先輩。

「でも、俺言ったんですよ、チケットがとれたって。それなのに『キャンセルして映画にしようよ』って。さすがに不自然じゃないですか、そんなの」

「デートに付き合ってくれるだけいいじゃないか。振られるよりマシだ」

しかし、モッキンは激しく首を振った。

「絶対におかしいですよ。あんなに大学野球を熱弁した彼女が、急に野球熱が冷めたみたいに映画の話をするなんて」

思うに、と私はおずおずと口を開いた。

「あの、女性って、自分の興味対象とはべつで、ふつうの女の子らしいことをしたがるものなんだよ。デートで恋愛ものの映画を観たいって、これ、すごく一般的な乙女心なんじゃないかな、なんて……」

「オチョコに一般的乙女心が理解できるとは思わなかった」これはさっきの仕返しだろうか。先輩はモッキンに向き直る。「で、お前は具体的に何を心配してるんだ？　もしもデートを断られたなら、話は簡単だ。お前の代わりに誰かべつの人間との先約があるんだろう。だが、そうじゃない。お前とデートして映画を観たいと言っている。何か問題があるか？」

「……俺と一緒に野球観戦をしたくない理由でもあったんじゃないかな……なんて思っちゃうんですよね」

思いたいわけではないが、知らず知らずそう考えてしまう自分を抑えることができない、ということか。

「それは相手が言ってもいないことをお前が勝手に読み取ろうとしているだけだ」

正論である。先輩はときにきわめてまっとうなのだ。

「それが……恋愛ってもんじゃないですか」

「違うね。それは恋愛じゃない。暇人が暇にまかせて妄想を働かせているだけだ」

「うっ……」

痛いところを突かれたらしくモッキンは黙った。

「バイトしろよ、バイト。お前が考えそうなことはわかるよ。出場選手に元恋人がいる、とかそんなことを気にしてるんだろ？」

「ええ……よくおわかりで」

「仮に、それが真実なら、お前どうするんだ？　もう彼女を嫌いになるのか？」

「そんなわけないじゃないですか！」

「じゃあもうくだらないこと考えないで、いいムードになる映画でも選んでおけよ」

神酒島先輩はこの手の薄ぼんやりとした感情の皮膜みたいなものと無縁で生きている

のだろうな、と私は思った。その海の底のような瞳《ひとみ》は、目に見えるものだけを的確に理解することができるのだろう。

私はどうだろう？　モッキンほどあれやこれや悩むタイプではないけれど、かと言って神酒島先輩ほど冷静なわけでもない。だから、昔から自分にない冷静な判断力をもつ名探偵への憧《あこが》れが強くて、挙げ句の果てに推理研究会と間違えてこの珍妙なサークルにたどり着いてしまったわけだ。

私がモッキンなら——たぶん思考を停止させるだろう。ある意味で、妄想で突き進むモッキンよりも臆病《おくびよう》者なのかもしれない。

「そういえば、夜の部はどうするんだ？　やっぱり欠席？」

「あ、夜からは合流しま……いや、どうなるかな……」

神酒島先輩は首を振りながら、「いいよ、△にしておくから、好きにしろ」と言って立ち上がった。

「ま、まさか講義へ？」と私は尋ねた。神酒島先輩が昼間に〈エイスケ〉から出て行くなんてめったにないことなのだ。

「お前は俺の母親か？　俺にもプライベートな時間はあるさ」

「……そうですか……」

そうでしょうとも——と思いつつなぜそんなに口をとがらせる、自分。神酒島先輩が去ってから、そっと溜息《ためいき》を吐き出すと、その溜息がモッキンのそれと重なった。恋をしはじめたモッキンは、少しばかり青臭くも大人びて見えた。

恋は人を変える。なんだか少し羨《うらや》ましい気がした。

3

戸恵戦の朝は、見事な五月晴れだった。朝から神《かみ》ノ宮《みや》球場前で多くの学生サークルがシートを敷いて場所とりに並んでいるのであるが、そのなかでボトルの回し飲みをして場違いなはしゃぎようを示している一団が目に入る。ほかならぬ我らが〈スイ研〉だ。

副幹事長の大山先輩は、「朝から飲むのは、はしたないからやめろよ」とほかのメンバーに言いつつ片手にはしっかり缶ビールを握り締めている。「それはお酒ではないのですか？」と問うと、「これはビール」とよくわからない答えがかえってくる。

金髪頭の出邑先輩は、紙で作った台を持参し、トントン相撲大会をやるのだと張り切って野郎衆を集め、朝から一席興じている。神酒島先輩の姿はと捜していると、集団を離れたところで何やら学ラン姿の人と語らっている。やがて、こちらに戻ってきた。

「お知り合いですか？」

「ああ、受験のときに席がとなりでね。それ以来の付き合いなんだ」

「応援部の方とかですか？」

「そう。応援部副主将の西郷《さいごう》と言えば、戸恵戦の風物詩ともいうべき男だよ」

「ほお……風物詩ですか！」

それは何とも楽しみになってきた。

「ところで、あの、さっきから一年、二年の方々の様子が少々おかしい気がするんですよね。なんというか、はしゃぎすぎというか」

「盛り上がってるねえ。いい酒を仕入れた甲斐《かい》があった」

と神酒島先輩はにやりと笑う。いやな予感がした。

「……あの、あそこで回されているあのボトルの正体は……」

「あれは、スピリタス。アルコール度数九〇パーセント以上の酒だ。取り扱いには気をつけたいところだね」

恐ろしい。ネコ科の動物がイエネコからライオンまで存在するように、酒もまたポップで愛されるものから恐ろしげなものまでさまざまだということは、この一か月でだいたい知ったつもりでいたが、ここまで顔の引きつりそうになる代物はいまだかつて出会ったことがない。

まず、匂いからしてかなり刺激的である。

「飲んでみた？」

「いいえ」

「舌がびりびりするよ」

神酒島先輩は楽しそうに笑った。

「ミッキー先輩は飲んだんですか？」

「さっきコップ一杯飲んだから今日一日は舌が役に立たないな」

こっちは舌以上に今日のあなたが役に立たないのではと心配だ。神酒島先輩は、顔はまったく変わらないのにいつの間にか記憶が飛んでいたり失踪《しっそう》してしまったりする。中間の「ほろ酔い」の部分がない。だから気がついたときにはもう手遅れだったりする。

「いやあ、ヤバイな、この天候」

太陽が、容赦なく〈スイ研〉メンバーを照らしている。飛ばしすぎだな、と呟《つぶや》いた神酒島先輩の予言どおり、野球観戦にたどり着く手前で大山先輩の自宅に搬送される輩《やから》が六名も出てしまう惨事となった。

ようやく行列が動き出し、チケットを手にしたときには、そんなこんなでサークルメンバーは六人しか残っていない有様だった。そのためか、どうにか球場に入って席を取り終えると、神酒島先輩は深い眠りに就いてしまった。

「こいつ朝から場所取りしてたからしょーがないよ」

そう言いながら、すでに大山先輩の関心はマウンドに向けられている――のではなくチアガール席に向けられていた。

「彼女たちの磨き抜かれた技を見るのが楽しみなんだ、俺は」

彼は臙脂《えんじ》カラーのユニフォームを着た彼女たちに審美的な視線を注いでいた。たしかに、初めて見た私でも彼女たちの動きの鮮やかさに目を奪われてしまったほどだ。アクロバティックな技を次々と繰り出しながら笑顔を絶やさないというのが、まず何より驚くべきことである。じっとしていてもうまく微笑めない私のような人間からしたら、ほとんど神秘の領域だ。

球場の一塁側が戸山大学応援席、三塁側が恵塾大学応援席だ。試合の始まる前は各校のチアリーディング部と応援部による応援合戦が行なわれる。

きりりとした姿勢で、指先にまで全神経を込めて音頭をとるその姿は、初めて見る学生たちさえも魅了する独特の威風を備えている。

「まだまだこんなので感動しちゃ駄目だよ、オチョコちゃん」と大山先輩は言う。「いま指揮をとっているのは二年生たちで、これから幹部クラスが登場する。動きのキレがまた全然違うから」

「そ、そうですか、ワクワク」

「あんまりワクワクって口に出す人いないよ」

大山先輩はこういうことを真顔で言うから面白いなあと考えていると、横から出邑先輩が口を挟む。

「いやあ、やはりチアの皆様のミニスカートが球場を支配している」

ダイレクトにそこだけ褒めながらなおもトントン相撲に興じる。炎天下でするトントン相撲にどんな喜びがあるのかは、きっとやった者にしかわからないのだろう。わかりたいとは思わないけれど。

「お、始まったね」

周囲のけたたましい歓声に、ようやく神酒島先輩が起き上がった。そして、プログラムの紙を確認しながら、何やら「ふうん」と感心したように言ったあとで、ぐんと伸びをした。

「さあ、野ぼーるだ」

「野ぼーる？」

「正岡子規さ。彼は自分の幼名にちなんで〈野球《のぼーる》〉という雅号を用いた」

「ほうほう」

「ほかにも彼は四球とか飛球みたいに野球用語を訳しているから、今日の野球の普及に一役買ったと言える」

「へえ、歌人が野球に……知りませんでした」

それにしても、と言いながら、神酒島先輩は青空を見上げた。

「こんな五月晴れでの戸恵戦を逃すなんて、モッキンは馬鹿だな。まあ恋ってのは……からしか……ないけど」

「え？　ごめんなさい、聞こえません、周りの音で」

ひときわ歓声が大きくなったのだ。みれば、応援部の幹部クラスのご登場である。神酒島先輩が顔を近づけ耳元で言った。

「恋は、人を、馬鹿にする」

「ああ」

耳に、神酒島先輩の吐息がかかった。それを意識しないようにしようとすればするほど、なぜか妙に意識してしまって、そうすると周りの歓声はうるさいはずなのに、ずいぶん遠くで鳴っているように聞こえる。耳はどの音を前に押し出すか変幻自在。どんなスピーカーよりも優れている。

そして——慣れてくると、不思議と神酒島先輩の声だけが耳に入るように調整されてくる。

「正岡子規の句に〈恋知らぬ猫のふり也球あそび〉というのがある。野球には恋を忘れさせる力があったわけだ」

「なるほど。モッキンに説教してもらいたいですね、まったく」

と、そこでひときわ大きな歓声が上がる。

応援席最前列の壇上にはさっき神酒島先輩と喋《しゃべ》っていた西郷氏の姿がある。彼は突然巨大な大根を取り出す。

「学生注目！　恵塾大学の応援カラーは白である！　そしてこの大根も白である！　いまからこの大根を十秒で食べてしまいたいと思う！」

本気なのだろうか。応援席は大盛り上がりだが、これでできなかったらどうするつもりなのだろう。一瞬、過去の子役時代のことが脳裏をよぎった。泣かなければならないシーンで泣けないときのいやな緊張感がよみがえって、気がつくと手に汗を握っている。

「西郷の大根おろしはちょっとした名物なのさ」

「だ、大根おろし？」

「見てろよ、ほら始まった」

客席がカウントダウンを始めるも、あまりの速さに誰もがカウントを途中で諦《あきら》めた。西郷氏は高速で顎《あご》を細かく動かして、まるで電動の大根おろし器にでもなったように大根を粉砕しながら口に収めていってしまったのだ。一瞬の沈黙の後、大歓声が上がる。

そのとき——壇上に新たな人物が立った。それを見て、思わず私は啞然《あぜん》としてしまった。髪をリーゼントにした女性が、男子専用の学ラン姿で現れたのだ。

「あれ、稲庭《いなば》という今年の主将らしいよ」

「しゅ……主将、じょ、女性なのに、ですか？」

「主将になった姿を見るのは初めてだが、なかなか様になってるね」

壇上中央に稲庭主将が立つと、応援部全体がこれまでにないオーラを放ち始めた。

「よぉし、行くぞ！　三・三・七拍子デラックス！」

威勢のよい彼女の声とともに、球場の熱は五月の青空を燃やすほどの高まりを見せ始めた。

4

私は野球のルールをほとんど知らない。ただ、味方にヒットが出たとき、ホームランが出たとき、守備のときでそれぞれ歌う応援歌が違うので、それを頼りに展開を予想し、何とはなしに楽しんだ。

よくわからぬままあれやこれやと歌い、肩を組まされたりなんだりと大騒動しているうちに九回の裏になった。試合は戸山大学が六点、恵塾大学が八点と二点のリードをつけられたままツーアウト二塁、三塁。ここで迎えるは四番バッターの永井《ながい》という選手。この容姿端麗な四番バッターが打席に立つたびに、私はモッキンの心配の種がふっと思い出された。

弥生さんの元彼が選手のなかにいるのでは、という例のあれである。もちろん永井という選手の容姿がただずば抜けてよかっただけで、ほかの誰かが弥生さんの元彼である可能性もあるわけだけれど。

この永井選手が本日は全打席打てばホームランかヒットと、とにかく目立つので、しぜんに結びつけてしまうのもむべなるかな。

打席に立った永井選手に応援席の期待もしぜんと高まっている。本日の最終打席になるかもしれない重要な場面。応援部もチアリーディング部も一丸となって汗水垂らして応援の音頭をとる。

ツーストライク、スリーボール。これをフルカウントと言うらしいことはとなりの神酒島先輩に聞いて知った。次で空振りだとおしまい。要するにここ一番の見せ場なのである。固唾《かたず》を呑《の》んで見守る。

すると――。

カン！と軽快な音がして、打球はどこまでも伸びていき、守備の頭を飛び越えてライトスタンドを直撃した。

逆転サヨナラ優勝が決まった瞬間だった。

応援部もチアリーディング部も泣いて喜び、手を取り合っている。最後にはまたとなり同士で肩を組み、大学校歌を熱唱して幕となった。

ところが、イベントはここで終わるわけではなかった。

何しろ、優勝してしまったのである。

「え……大学まで歩く……ほ、本気ですか？」

「むろん、本気だ」

戸恵戦は大学リーグ戦の最終日。そして、この日に戸山大学がリーグ優勝をした場合、きまって戸山大学の応援スタンドにいた全学生が戸山大学までパレードしながら歩くというではないか。そんな気の遠くなる話は寝耳に水である。神ノ宮球場から戸山大学に着く頃には夜の八時近くになっているだろう。

しかも、わが〈スイ研〉の場合は買い込んだ焼酎《しょうちゅう》やらウィスキーやらをぐい飲みしながら練り歩くのであるからして、その道程が地獄の様相を呈することは間違いない。

やれやれ、と思っていると、携帯電話のバイブ音が鞄《かばん》のなかでしている。取り出してみれば、画面にはモッキンの四文字。

「もしもし？」

すでに吹奏楽団によるパレードの演奏が始まっているため、大きな声で呼びかける。

「みんな……いまどこさ？」

妙な声だった。少し鼻にかかっている。まるで——。

「モッキン、泣いてる？」

「……来ながっだ、弥生さん来ながっだぁ……」

泣いているのかただ訛《なま》っているのか判然としないものの、彼の心の叫びは伝わった。

まずは現在位置を何となく伝えて電話を切る。となりで一升瓶をラッパ飲みしてご機嫌な神酒島先輩に耳打ちをする。

「モッキンから電話だったんですが……」

「彼女が現れなかったのか？」

「はい、そうです。よくご存じで」

なぜわかったのだろう？

いや、それよりも——。

「どうして弥生さんは自分から映画を観たいと言っておきながらデートをすっぽかしたりしたんでしょうか？」

明らかに矛盾した行動だった。何か急用でもできたのだろうか？

神酒島先輩は、それには答えず、ただ静かに微笑んだのだった。

「今夜は潰《つぶ》れるまで飲ましてやるか」

それは――いつもと同じじゃないですか、という言葉を飲み込んで、私は彼と歩調を合わせた。

5

その行列には目的はなかった。あるのは歓喜の余韻だった。私たちは白い球の行方に小躍りして、引き伸ばされた恍惚《こうこつ》に酔いしれていた。

もしかしたら、人生とはこんな風に何らかの目的をもたずともただ押し流されていくものなのかもしれない。それならそれで私はこのままだらだらと進めてラッキーに違いない。

アルコール度数九〇を超えるスピリタスは、アルコールに絶対に酔わない特異体質のこの身にも、さすがに多少の程よい精神の解放を伴ったように思う。

「私、初めてお酒に酔ったかもしれません」

嬉《うれ》しくなって神酒島先輩に報告すると、「それはたぶんパレード酔いだな。酒は関係なさそうだ」と一蹴《いっしゅう》されてしまった。

「パレードは理由なく人を酔いしれさせる。最初は優勝という本意があったが、いまはもうふわふわした喜びがあるだけだ。でも、それが酔いだろう。まさに我々〈スイ研〉が参加するにふさわしい」

「おお……た、たしかに。そうとも言えますね」

「酔うがために酔う。〈酔理研究会〉の趣旨は酒を飲むことではなく、さまざまなことに〈酔う〉精神構造を分析することにあるんだ」

「そうだったのですね……」

「そんなわけないじゃないか」

どっちなんだ。と、そんな会話を繰り広げているうちに明らかにパレードの華やぎには不釣り合いな不景気面のアフロヘアが現れた。これほど負のオーラを放ったアフロヘアは世界広しと言えど、本日のところは彼しかいないのではないだろうか。

モッキンはまるで別人のように澱《よど》んだ目をしていた。たった一日のあいだに五歳は老け込んだように見える。

「今日一日、映画館の前で待っでだんだ」

アスファルトに視線を落としたまま、モッキンはぼそりぼそりと聞き取りにくい訛り言葉でそう言った。ショックを受けると津軽弁が出る体質らしい。

「お昼も食べずに？」

「だってょ、お昼のあいだに来たらどうすっぺよ」

「連絡先、知らないの？」

「知ってるよ。でもずっと電源切られだままなんだ」

これは――振られたなぁ……。

この話を聞いてそれ以外の感想は持ちようがない。

だが、あえて口に出さずにいると、出邑先輩が無神経に「振られたな、おめでとう」と握手を求めた。

モッキンもさすがに怒るのではと思われたが、怒る気力もないらしく、いやむしろ最後通告をされたような絶望的表情になっている。

神酒島先輩まで、「安心しろ、女ならここにもいるじゃないか」と私を指差したりする。

「あの、ちょっと、わ、私はですね……」

もごもご言っていると、「弥生さんどじゃ比べ物になりません！」とモッキン。比べられても困るのだが、勝手に除外されるのは何となく気に食わない。

「それは失礼なのでは……」とおずおずと言っていると、神酒島先輩がふと思いついたように小声で私に尋ねた。

「そう言えば、最近エリカ嬢元気か？」

「……どうなんでしょうね？」

エリカ嬢のことは密《ひそ》かに気にかけてはいた。だが、あの一件以来こちらからは何となく話しかけづらくなり、あちらはあちらで恥じらいが出てきたのか挨拶《あいさつ》以上に話しかけてこようとはしなくなっていた。歴史研究会の面々との付き合いがいまは中心なようだし、そのうち疎遠になっていくのかもしれない。

「まあ、ひとつ言えるのは——大学生活はまだ始まったばかりってことだ。お前も、お前も」

よくわからないまとめで神酒島先輩は私とモッキンの頭をそれぞれくしゃくしゃにした。

「もう駄目だ、俺、生ぎでいげません」

「早まるな、青年」と神酒島先輩。「まだすべてを断定するには早い」

「だって、デートをすっぽがされだのは動がしがだい事実なんですよ？」モッキンは半泣きで訴える。

私は思っていた疑問を正直にモッキンに伝えることにした。

「でも、最初から来ないつもりなら、約束しなきゃいいと思わない？」

「きっと気が変わったに違いない」神酒島先輩はさも深刻そうな顔をつくる。

「やっぱり……」モッキンはこれ以上落とせないほどにがっくりと肩を下げる。

すると、神酒島先輩がこう言った。

「おいモッキン、いいことを教えてやろう。真実ってのは、本人に直接聞かなきゃわからない場合だってあるんだ。俺は夏目《なつめ》漱石《そうせき》に聞きたいことが山ほどあるが、残念ながら彼はもうこの世にはいない」

その言葉には一理あるとは思うものの、私は口を挟んだ。

「でも、もし本当に浮気してた場合は、〈浮気してるの?〉って尋ねても〈うん〉とは言いませんよね?」

「言わないだろうな。そういうことは聞いちゃいけないんだ」

「え……それは矛盾するような……!」

「しないよ。浮気なんかおならと変わらない。わざわざ聞くな」

絶句しているこちらを放置して、神酒島先輩は走り出す。

「見ろ、もう大学が見えてきたぞ!」

私は——神酒島先輩のプライベートがものすごく気になりだしていた。

6

大学校舎に着いたときだった。

ちょっとした揉《も》め事が起こった。岩隈銅像前に組まれたステージの脇のところで、主将の稲庭氏と副主将の西郷氏が揉めているのだ。何やら稲庭氏が時計を指差して何事か訴えているのを、西郷氏がなだめている。だが揉めている時間はそう長くはなかった。すぐにまとまると、稲庭氏はステージに上がり、本日最後を締めくくるコンバットマーチを開始した。その号令とともにパレードの恍惚から白い球が灯《とも》した情熱の火が再び燃え上がる。

チアガールのきらびやかで派手なアトラクションによって場内の興奮は最高潮に達した。そこで壇上に現れたのは、本日活躍した選手たちだった。

モッキンは、それまで校舎の隅で三角座りをして顔を埋《うず》めて泣いていたのだが、野球選手たちが上る段になると、恨めし気な様子で近寄ってきた。

「このながの誰かが、弥生さんの彼氏に違いないんだ！」

「そうとも限らないぜ」

と神酒島先輩が肩を叩《たた》いてなだめるような調子で言う。

「弥生さんは元恋人と一緒に野球観戦をしていただけかもしれない。可能性はひとつじゃないんだから、そう気落ちするな」

かえって気落ちするような台詞《せりふ》である。いっそ怒りの持って行き場が明確なほうがモッキンとしても気が楽だったろうに。

一方で、私は、そうか元恋人と観戦というのも可能性はありそうだなと内心で思った。しかし、モッキンの標的はすでに目の前の野球選手に絞られてしまっていた。そのなかで最も容姿端麗な男、永井選手に。

「ぐむ……弥生さんほどの素敵な女《ひと》の元彼は……ぎっとアイツだ！」

モッキンはそう言って突如駆け出した。

「まずい、ステージに乱入する気だ」神酒島先輩は人ごみを掻《か》き分けてモッキンを追いかけた。ステージに摑《つか》みかかったモッキンの両足を持って後方へと引っ張ると、モッキンはそのまま前のめりに倒れた。

応援部の幹部学年と思《おぼ》しき集団がガードマンの代理人のようにしてやってくる。「貴様、何奴！」

「わるい、これ俺の後輩。こっちで何とかするから」と神酒島先輩が割って入る。

「神聖な優勝ステージをなんと心得る！」

四角い顔をしたこの御仁もかなり頭に血が上っている様子。だが、次の瞬間——彼の頭上から水がかけられた。四角い団員とうつ伏せのままのモッキンは水浸しで、神酒島先輩も若干のとばっちりを喰《く》らっている。

バケツをもって現れたのは、稲庭主将だった。

彼女は凛々《りり》しい表情で言った。

「あとはこの方に任せな。応援部員たるもの自分の仕事を忘れるんじゃないよ。泣かされたいのかい？」

そう団員を静かに叱りつけると、神酒島先輩に対して頭を深々と下げた。神酒島先輩はにっこり笑って「こちらもお騒がせしました」と頭を下げた。

モッキンは濡《ぬ》れそぼった身体をゆっくりと起こした。

そのとき——稲庭主将は何かを思い出したように急に踵《きびす》を返し、ステージの裏へと引き返していった。

そこへ——遅れて副主将の西郷氏が現れた。

「おい花菱《はなびし》、この方は由緒ある〈酔理研究会〉の第二十九代幹事長であらせられるぞ」

「な……なんと、あの、伝説の〈スイ研〉の……！」

花菱と呼ばれた四角い面相の大男は、恐れおののきながら、深く頭を下げて自身の非礼を詫《わ》び始めた。

「お詫びの意味もこめて、今宵《こよい》は後ほどそちらの飲み会にお邪魔してもよいか？」と西郷氏。

「こっちは全然問題ない。潰《つぶ》れるの覚悟で来いよ」

神酒島先輩はそう言って微笑みながら、放心状態のモッキンを引っ張ってステージから離れた。

その後ろを追いながら、五月の夜風をふと感じた。ああ、もう春ではない。微《かす》かにしっとりとした夏の匂いが染み込んでいる。何とも言いがたい焦燥感。そして、ふと思った。

私もまた〈孤独か恋か病〉にかかったのだろうか、と。

7

戸恵戦のあとの宴会席は、居酒屋〈和《わ》っ所居《しょい》〉で行なわれた。地下にあるこの店は外界から完全に閉ざされた異界となっており、ほぼ無法地帯に近い。と言っても物盗《ものと》りや殺人の類《たぐい》が起こるわけではなく、いたって健全に皆酒と向き合っており、ただその向き合い方がいささか真摯《しんし》過ぎるというだけの話。

夜の部からの参加者は、昼の部の参加者の五倍に膨れ上がった。理由はOB・OGが参加してくるからである。普段はめったに顔を出さぬ社会人の面々がここぞとばかりに集結して、学生たちと杯を交わす。老いも若きも男も女も、共通の話題も何もなく、何はともあれ酒を飲む。

私は見知らぬ二人のOBに挟まれ、名前もわからぬままに酒の銘柄に関するレクチャーを受けてはや一時間が経とうとしていた。そろそろ神酒島先輩に救い出してもらえないかと何となくアイコンタクトを試みるも、まったく気づかれないまま時間ばかりが過ぎていく。

大山先輩は方々のOB・OGのテーブルの間を飛びまわりながら、間ではしっかり飲み対決にも応じるという臨機応変ぶりでなかなかに忙しく動いている。出邑先輩はというとこれはOBに説教を喰らって正座をさせられている。神酒島先輩はそれとなくO

B・OGと距離をとって一人しめやかに飲んでいる。と言ってもただサボっているというわけではなく何やら不敵な顔で来るべき事態に備えているようなのである。

と、そこへ——突如白い学ランの男どもが乱入してきた。総勢二十名はいようかという男どもが赤ら顔でのご登場。これはどうやら恵塾大学の応援部の面々とみた。

狙いは——つい二十分ほど前からゲストとして参加している西郷氏だろうか。

「学生注目!」

代表格らしき人物が名乗りを上げると、それを素早く神酒島先輩は制した。「待てぃ、OB・OGもいらっしゃる!」

「し、失礼した!」

途端に大合唱が始まる。

「すい、すい、すいすいすいすい、酔えば素敵な理《り》が見えるすい、すい、すいすいすいすい研、飲めばあなたも理が見える」

歌いながら渡されたるは特大焼酎《しょうちゅう》瓶。白い学ランの男どもの間で次々とリレーで回されていく。

最初の剣幕はこれで完全に消えてしまったものか、酒が思いのほか回ったものか——と思って鼻を微かに利かすに、おや、と思った。この匂いは——。

そこで神酒島先輩の顔を見ると、ニヤニヤと笑っている。どうやら、先の焼酎瓶の中身はスピリタスだったようだ。道理で全員がかなりふらふらなわけである。

「戸恵戦は負けた。だが、夜の戸恵戦は……げふ……我々が……うぷ……やい、西郷！……げふ……」

　そこで西郷氏はすっくと立ち上がり、「夜の戸恵戦も、我々がいただく」と宣言した。出ばなをくじかれた恵塾大学応援部の面々は千鳥足で、立っているのも苦しそうに見えた。

　神酒島先輩は、立ち上がり、スピリタスの瓶を奪い取った。

「フェアな勝負をしよう」

　そうして、恵塾大学の面々が二十人かけて飲み回しただけの量を一人でラッパ飲みして瓶を空にした。

「これでフェアになったかな？」

　神酒島先輩の顔色には微塵《みじん》の変化も見られなかった。まるで何事もなかったかのように、彼はにっこりと微笑んだ。

　白学ラン一行の表情に敗北の色が浮かぶ。

　彼らは敬礼をすると、「きょ、今日のところは、引き上げる！」と宣言してふらふらと去って行った。

　それを見届けてから――神酒島先輩はゆっくりと倒れたのだった。

8

神酒島先輩が座敷に倒れてから一時間が経過した。

飲み会はいよいよ終焉《しゅうえん》に近づきつつあった。その頃には何度大学校歌を熱唱させられたかわからず、みな喉《のど》は嗄《か》れていた。

ずっと陰気なオーラを発していたモッキンは飲み会開始早々に神酒島先輩に潰されてしまい、もはや完全に夢のなか。私の右隣でテーブルに突っ伏してすやすや眠っている。

「しっかし、お嬢さんも大変なサークルに入ったね」

と赤ら顔の西郷氏が私の左隣へやってきて語りかけた。

「ええ、本当に」と私は答えた。

西郷氏は、薄着のまま眠っているモッキンが風邪を引かぬようにと学ランを上から羽織らせた。

「応援部に来るんだったら、いくらでも歓迎するぜ。お嬢さんみたいなべっぴんさんは特にな」

「おほほ、お上手ですこと」とお上手ではない返しをしながら、「でも、稲庭主将にはたしかに憧《あこが》れちゃいますねえ」と口にした。

すると――西郷氏は神妙な顔になった。

「ああ。あいつはたしかにすごいけどな、ちょっと今は気難しい時期なのさ」

「気難しい……ですか」

「まあ、いろいろとな」

おやこの人、もしかして稲庭主将に恋をしているのかしら。

いろんなところでいろんな人が恋をする。それが五月というものらしい。たしかに神酒島先輩の言ったとおりだ。五月病は架空の生き物を生み、その余白を埋めるようにみんな恋に落ちる。

よし、少し取り調べでもしてやろう。

「西郷さんは誰か好きな人とか……」

と話を振ろうとしてふと見ると、なんだ、西郷氏も寝てしまっているではないか。

やれやれと思いつつ、店内を見回してぎょっとした。

気がつけば、宴会席はほぼ全滅状態だったのだ。

炎天下の応援プラス酒プラス徒歩の疲労が出たものか、いやいやすべては白い球が生み出した蜃気楼《しんきろう》のようなものであるに違いない。

と——そのとき、稲庭主将が現れた。

彼女は先ほどと変わらぬリーゼントに学ランという出《い》で立ちで颯爽《さっそう》と入ってくると、状況に苦笑いを浮かべつつ、さっさとこちらにやってきて、黙礼をした。

「うちの団員に無礼はなかったかな？」

「い、いいえ、何も」

「よかった。キミたちには迷惑かけたね。では、これは連れて帰る」

そう言って彼女は、学ランを着たその御仁を軽々と肩に背負って出て行った。思わず赤面してしまうカッコよさである。しかし——。

「あ、ちょっと、それは……」

言いかけた私の手を何かがぐいと摑《つか》んだ。

それは、私の背後で眠っていた神酒島先輩の手だった。

彼は唇に人差し指を当てていた。何も言うな、ということのようだった。

稲庭主将はそのまま学ランを着た「団員」を連れて帰った。

彼女が立ち去った後で、神酒島先輩に尋ねた。

「いいんですか？　あれ、モッキンですよね」

そう。稲庭主将は、学ランを着て団員に見えるモッキンを連れて帰ってしまったのだ。

「いいんじゃないか？　話したいこともたくさんあるだろうし。今日は一日デートをすっぽかしたわけだから」

「……え？」

私は事態を把握しきれず、しばしぽかんと口を開けていた。

そんなこちらを、神酒島先輩は楽しそうに見ながら、「味噌汁《みそしる》が飲みたいな」と言った。

彼は手を挙げて店員を呼び、味噌汁と焼きおにぎりを注文してから、私に向き直った。

「さあ、そろそろ答え合わせをしようか。モッキンの想い人は、なぜ戸恵戦観戦を拒否してまで映画を観ようと言い、挙げ句そのデートをすっぽかしたのか」

私はもう一度、出入口のほうを見た。

「あの……まさか、稲庭主将が――モッキンの想い人？」

神酒島先輩は、黙ったまま口元に意味ありげな笑みを浮かべた。

今宵《こよい》もまた、海の底の瞳《ひとみ》をもつ男が紡ぎ出す酔いの理《ことわり》に耳を澄ますことになりそうだ。

9

「応援部主将、稲庭弥生――青森県津軽出身。ふだんは猛者《もさ》どもを統率するジャンヌ・ダルクも、オフの時間はただの女の子だ。大学内と違って、帰省のときはふつうのラフなスタイルだったことだろう。そして、二人は鈍行列車のなかで恋に落ちた」

熱い味噌汁を啜《すす》ってから、神酒島先輩はそう言った。

私は焼きおにぎりを食べながら尋ねた。

「なぜ彼女は今日わざわざデートを？　ほかの日にずらせばよかったじゃないですか」

「それじゃあ駄目だったんだろう。まだ彼女は自分が応援部の主将だという事実をモッキンに伝えていなかった。もしも今日じゃない日にデートを設定すれば、モッキンはべつの誰か——たとえば我々なんかと戸恵戦に行ってしまっていたかもしれない」

「言っていなかったんですね」

「そう。だから、何としてもモッキンには来てほしくなかった」

「あ、だから、岩隈銅像前で——」

そうだ、あのとき、稲庭主将に水をかけられたモッキンが顔を起こす手前で、彼女はモッキンの存在に気づき、慌てて退散した。

「神酒島先輩はいつ頃から気づいていたんですか？」

「球場に入る前にはプログラムの紙が配られるから、そこで彼女の名前を発見して、もしやと思ったんだ」

思い出した。眠りから覚めた神酒島先輩は、プログラムを眺めながら「ふうん」と呟《つぶや》いたのだ。

「ううむ。たしかにモッキンは——彼女が応援部主将だという真実を受け入れられたかどうか微妙ですよね」

「まあな。でも、このまま恋人になっていくなら、秘密のままではいられまい。言うとしたら、今夜だろうな。どうせモッキンが抱いている、あらぬ疑いを晴らさなきゃならないんだから」

「今夜……ですか」

弥生さんは五月の星空の下で、酔いから醒《さ》めたモッキンに静かに打ち明け話をするのだ。モッキンは、彼女の告白をどう思うだろう？

「気持ちはわかるんですけど、こんなすぐに打ち明けなきゃいけなくなるような嘘、つく必要があったんでしょうかね」

「大ありだったのさ。彼女は乙女心から応援部であることを隠しておきたい、なんて考えていたわけじゃないんだ」

「え？　ち、違うんですか？　私はてっきり……」

てっきり、応援部なんて男臭い世界にいることが気恥ずかしいとか、それを非難されることを恐れてなのかと思っていたのだ。

「そうじゃないんだ。彼女には学ラン着て主将をやっていることを恥じる理由なんかこれっぽっちもなかった。それは彼女にとって誇りでしかないはずだ。だから、秘密というほどの意識もなかったと思う」

「秘密じゃなかったら――何なんですか？」

「正岡子規だよ。〈恋知らぬ猫のふり也球あそび〉。応援部にとって大学野球は神聖な舞台。その球場に恋煩いなんか持ち込みたくなかったのさ」

「ああ……」

今日一日彼女の勇姿を見てきたから、それは理解できた。

「大学野球はプロ野球よりも歴史が古い。大学野球をひとつの鋳型として高校野球やプロ野球が派生していったわけだから、日本野球の基本形を作ったのが大学野球だと言っても過言ではないんだ」

「そうだったんですね……ぜんぜん知りませんでした」

「だから、それを知る人の目には、どうしても大学野球はちょっとばかり神聖視されてしまう。とくに応援部は大学野球と大学ラグビーなしでは成り立たない集団だからね。それに、応援部の主将が女性というだけでも、周りはやたらと色眼鏡で見る。古いOBのなかには、彼女が主将にふさわしくないと考える人だっているかもしれない」

「たしかに、いるでしょうね」

「ましてや彼女がスタンドに恋人を連れてきた、なんてことになったら、周囲はそれ見ろと言うだろうね。女なんかを応援部に入れるから、と。そのうえ大事な優勝決定試合が負けでもしたら、何を言われるかわかったものじゃない。彼女はつねにさまざまなプレッシャーと戦いながらあの壇上に立ってたんだよ。好きな男の観戦なんて邪魔なだけだっただろう。とはいえ、パレード後のステージ開始が予想外に遅くてさすがに焦っていたようだが」

それでステージ脇で西郷氏と揉《も》めていたのか。

「モッキンは——五月の孤独が架空生物だったことにきちんと気づけますかね……ちょっと思い込みが強いところあるから」

「大丈夫さ。モッキンは馬鹿でも、彼女は馬鹿じゃない」

なるほど。それも道理だ。

「それより、お前、さっき西郷が『あの子、昔の子役の坂月蝶子にめちゃくちゃ似ててかわいいよな』って言ってたけど、どうする？　五月の恋の船出に加わっとくか？」

「な、何ですか、それは」

しかも坂月蝶子に似てるって言われても嬉《うれ》しいわけがない。

それは私の本名なのだから。

なのに――頬はどうにも熱くなる。

「飲み足りないんじゃないですか？　ミッキー先輩」

「何だ、照れ隠しに先輩を潰《つぶ》そうってわけか？」

「ノーコメントですね」

神酒島先輩は時計を確認した。

「よし、ここをお開きにして、〈けめこ〉に行くか」

「ですね。問題はここを締められるかどうかですが」

ふむ、と言って神酒島先輩は壁に寄りかかった。

そして、そのまま目をつぶると、寝息を立てて眠り始めた。

やれやれ。

どうやら今日、お会計ができるのは私だけのようだ。

私は神酒島先輩の寝顔を観察しながら、梅酒ソーダをぐびぐびと飲み干した。先輩の言うとおり、相変わらず私は酒には酔えそうになかった。

それでも――今日のこの感じは悪くない。
もうしばらく浸っていよう。

雲のようにふわふわとした歓喜漂う、球酔いの理に。

㊡酔いロジック

Hamayoi Logic

I

魂が揺れていた。それは快速アクティー熱海《あたみ》行きが揺れているためではなかった。我ら〈スイ研〉メンバーは、早朝から東京駅に集合して、夏合宿のために熱海へ向かっていた。前日に合宿前夜祭だなんだとはしゃいだらしく、男子はほぼ全員爆睡している。

車内には顔をしかめたくなるほどにアルコール臭が漂い、窓の外に広がる万緑の夏景色までそんな酒気に浸されて酩酊《めいてい》しているかに見えた。

唯一ぼんやり目覚めているのは――隣にいる神酒島先輩だった。先輩は私の顔をちらっと見て、「どうした?」と言った。

「日頃から決して明るくもない人間が心底暗い顔してると、雨が降るぞ」

「……」

神酒島先輩の目は誤魔化せないようだ。そう、原因は先週の出来事にあった。前期試験終了後、カフェテラスでぼんやりしていると、入学式で出会って以来友情の下火を保ってきたエリカ嬢が現れ、大学を辞めてお里に帰ることにしたと言うではないか。

――あなたには伝えておこうと思ったの。

もう退学届は受理されたと言う。それでは止めようもない。こういう時に女子同士がやるお決まりの掛け合いのほかに会話らしい会話も出てこないでいるうち、彼女がほかの友人に呼ばれ、結局変な心残りのある別れになった。

何か、少しずつ形になり始めていたコンクリートの床が、じつは砂上であったようなぐらつきに襲われた。彼女と私の間には、四月に起こった風変わりな一件以来、小さな溝ができてしまっていた。そのことが、いまさらのように悔やまれた。

退学を決めた動機は何だろう？　もう少し近しい仲になれていたなら、少しは変わっただろうか？　彼女の気持ちには応《こた》えられずとも、もっと違った形で親しくなれたのではないか。

そんなことを神酒島先輩に話したら——笑われた。

「そういうの、驕《おご》りって言うんだよ」

「お、驕ってなんか……いませんよ」

「驕ってるつもりはないだろう。でも、自分と関われば結果は違ったかもしれないという発想は、自分を過信してるってことだ」

「そんな意地悪な言い方しなくっても……」

「それが悪いなんて言ってない。人を救えるなら驕りだって悪かないじゃないか。問題は、お前が驕るのが遅かったことだな。日頃から驕りまくっていればこんなことにはならなかったかもしれないよな」

「うむむ」

いろんな人に明るく話しかけている自分は想像するにとても気持ち悪い。想像しただけなのに鳥肌まで立ってくる始末。

「まあ、あんまり根拠もなく驕っている奴もどうかと思うがね。絶対にあなたを幸せにできると主張するストーカーが多い世の中だから」

「なるほど。驕りにもいろいろあるのですねえ」

「難しいもんだよな。根拠のある驕りがあるかと言えば、そんなものはない。しょせん驕りっていうのは決定的な根拠はないものだから。でも、やっぱりいい驕りと悪い驕りの間には明確な差みたいなものがあると思うね。たとえば——子役として稼いでいた頃のお前の演技に勇気づけられた人はいなかったんだろうか？」

そんな風に考えたことはなかった。自分の演技が他人の人生に影響を及ぼすかどうかなんてそんな発想自体がなかったのだ。

「いや、あの、べつにあの頃だって私は驕っていたわけでは……」

「『親に言われるままやっていただけです』って？」

「ええ」

そうだろうか。本当に？　自信のないまま私はこっくりと頷《うなず》いてしまい、挙げ句にそれを見透かされた。

海の底。私が心のなかでそう名付ける、吸い込まれそうになる瞳《ひとみ》で、神酒島先輩は私の顔を覗《のぞ》き込んでいた。

「まあいいさ。驕りってのは結果論でもある。人前で演技して金もらおうなんて奴は、本人がどういう意思でやっていようと、周りから見ればただ驕っている。いや、周りで見てる奴だって驕ってるんだ。恋愛もそうさ。好きになった奴もなられた奴も驕ってるだろ？」

「そうなんでしょうか？」

「相手に好かれているという驕り、相手を幸せにできるという驕り、二つの驕りが寄り添って船を漕《こ》ぐ。驕り船だ」

「おお、なんか演歌のタイトルみたいです」

神酒島先輩は拳《こぶし》を握り、演歌歌手よろしく顔をしかめてみせるが、きわめてサイレント。なんだ歌う真似まではしてくれないのか。

「だから、煎《せん》じ詰めれば、驕りってのもまた——酔いなんだよ」

ほほう、手を打つ。神酒島先輩が幹事長を務めるこのサークル〈スイ研〉は正式名称を〈酔理研究会〉といい、酔いの理《ことわり》には一家言ある者ばかりが集まっている。神酒島先輩はその代表格のようなものだ。

「酒でも何でも、酔えるものがあれば、人はふらふらと進めるのさ」

「そういうものですかね」

「そう言えば、浜辺ってのも、人を酔わせる力があるよな。俺、『浜辺の歌』って曲がけっこう好きなんだが」

「あしーたーはーまーべーをっていう、あれですか？」

少々音の外れた声で歌ってみせる。

「そう、だいぶ違ったけど、それ」やかましい。「メロディライン自体が浜辺に寄せては返す波みたいに上下するだろ？　あの柔らかい高揚感って、酔いだよ。で、『浜辺の歌』の酔いと同じ酔いが、浜辺自体にもやっぱりある」

「いろんなところに酔いってあるんですねえ」

「人間にもあるぞ。世の中は大きく分けて二つ。酔う人間と酔わせる人間。もしも自分が人を酔わせられる人間だと驕るなら、何で酔わせられるのか考えてみたらどうだ？」

何で——酔わせるのか。

考えているうちに、窓の外の景色からは高層ビルが消え、河川敷を越えると緑が生い茂り始める。

車内では小田原《おだわら》を抜けた辺りから、男どもも前夜祭の疲れが抜けてきたのか、次々とチューハイやビールが空けられていく。私は専用青色ペットボトルのウォーターを口に含んだ。いくら飲んでも酔えない人間でも、酔わせることなら——できるのだろうか？

考えつめたせいか、電車を降りる頃、私は見事に電車酔いしていた。

2

夏合宿は毎年熱海と決まっているらしい。

そして、到着早々に嘔吐《おうと》に見舞われる輩《やから》が続出するのも、これまた例年のごとし。しかし、到着直後に吐き気を催していたのは、男子の誰かではなく、まさかまさかの私自身だった。

「オチョコも酔うようになったか」

神酒島先輩は蹲《うずくま》っている私のとなりに立って嬉《うれ》しそうにそう尋ねた。

「……残念ながら、電車酔いです」

先輩は大笑いした。

「な……何が楽しいんですか！　うぐ……ぎぼちわる……」

ダメだ、これでは全然動けない。

と思っていると――。

「ほれ」

「え？」

見ると、私の目の前で神酒島先輩が背中を差し出している。

「もう移動するから、乗れよ」

そんな車のように簡単に言わないでもらいたい。と思いつつ私の顔が熱を帯びるのはどうにも止まらない。もじもじしながら恐る恐る神酒島先輩の背中に手をかけた。

「首、絞めるなよ」

「はい、あの、できるかぎり」

周りから囃《はや》し立てる声がする。しかし、その輪にいちばんに加わりそうな大山先輩の姿が見当たらないことに気づく。

大山先輩は、わがサークルの副幹事長であり、飲み会では抑え役や面倒見役として、大量のアルコールが消費される〈スイ研〉になくてはならないキーマンだ。いつの間にか先陣をきって暴走していることもあるものの、酔いつぶれたところは見たことがない。その誰もが認める安心マークの屋台骨が——夏合宿の一行にいない？

「大山先輩って今回不参加ですか？」

何とはなしに心もとない面持ちで尋ねると、まさか、と神酒島先輩は笑った。

「お前気づくの遅すぎ」

道中、考え事に忙しくてそれどころではなかったのだ。

「実家に帰省した足で向かうから、先に宿に行ってるってさ」

大山先輩の実家は、たしか愛知《あいち》県。熱海まではそれほど遠くない。納得である。

さて、そうしてえっさらほいさと動き出した集団の数は、いつもの宴会に比べればずっとコンパクトだった。そもそも夏休みは帰省している者が多く、夏合宿の時期まで東京にいる者のほうが少ないくらいなのだ。そのうえこのサークルときたら、やることはどこでも同じ。さすがに合宿までは付き合えませんという者が多いのも仕方ない。

一方で、ふだんの飲みの席でもきわめて酔うこと以外に興味のない生粋の〈スイマニア〉集団になるとあって、夏合宿の飲み会はほかの行事よりも密度が濃く、後々まで語り草となる伝説が生まれるとされているらしい。

なるほど、大山先輩が登板なしで済むわけがない。はてさて、今夜はどんな伝説が生まれるのやら。

神酒島先輩の温かな背中と意外にがっしりと筋肉質な肩の感触にドキドキしていると、証子先輩が神酒島先輩に話しかけた。

「そう言えば、ミウ先輩も来るんでしょ？」

「……現地に直接向かうってさ」

「えー、やっぱ今でもミッキーに連絡入れるんだねえ、ミウ先輩って」

「んぁ？　幹事長だからだろ？」

神酒島先輩はつまらなそうに答えた。

「幹事長だから、ねえ」証子先輩はなぜだかニヤニヤしている。

「お前な……」

証子先輩は冷やかすように笑って逃げていった。

そして——神酒島先輩の背中に付着した新種の生物は、今しがたの会話を頭のなかで高速リピートしていたりする。繰り返すほどに妄想もまた徐々に膨れ上がってくる。

とりあえず――ミウ先輩って誰ですか？　ミッキー先輩。

その一言が、どうしても言えないうちに、海の匂いに鼻先をくすぐられた。不思議なもので、とたんに吐き気が治まってくる。もう大丈夫です、と礼を言って神酒島先輩の背中から降りたが、よく見ればそこはすでに今宵《こよい》の宿の目の前だった。

海に面した国道一三五号線沿いにある民宿〈熱民《あたみん》〉の外観は、東京下町によくある家賃三万円代の安普請のアパートにしか見えないが、外に魚や昆布が干してあり、その香りと相俟《あいま》って独特の風情があった。

「よくいらっしゃいました」玄関先に顔を出した着物姿の女性に案内されて、じっとり暑さのこもった仄暗《ほのぐら》い廊下をぞろぞろと進み、ぎちぎちと軋《きし》む階段を上って部屋へ向かった。

ところが――先に上がった宿の女性が、古い家屋を崩壊させんばかりの叫び声をあげた。

「ぎぃいやああああああああああああ」

我々〈スイ研〉一同はその声に弾《はじ》かれたように、急いで駆け上がって彼女の見ているものを確認した。

そこにあったのは――昼間からへらへらと笑いながら、一升瓶を抱えて眠っている大山先輩の姿だった。

3

これが一升瓶でなくナイフで、それが胸に刺さって倒れていたのなら、立派な真夏のミステリなのだが、そこは〈スィ研〉。転がっているのは屍体《したい》ではなく泥酔者である。

私は時計を見た。ちょうどお昼どき。

問題は――なぜこんな時間に一人で酒を飲み始めたのか、ということだ。何かこの数日のあいだに辛《つら》いことでもあったのか。

「大丈夫だ。脈も正常。寝言も言ってるし、問題なさそうだ」

神酒島先輩は、そう言って大山先輩を部屋の隅へと移動させた。

そのとき――背後に人影を感じた。

「おー、君ら、みんな〈スィ研〉の子かいな?」

そう早口の関西弁でしゃべりかけてきたのは、三十代半ばくらいの日焼けしたアロハシャツの男性だ。一目見て抱いたイメージは、休日にゴルフで汗を流し、恋人にバーベキューを強要するアウトドア勘違い野郎、といった感じ。とにかく〈大人って軽薄なまなれるものなのね〉の代表的なオーラがぷんぷんとして、私は完全に拒絶モードに入っていた。

ところが、この男から思いがけない台詞《せりふ》が飛び出したのだ。

「俺、ミウの恋人の笊川《ざるかわ》や。ふだんは大阪《おおさか》の〈ざる屋〉いう老舗《しにせ》旅館のオーナーやってます。ミウに無理言うてついて来てしもうた厚かましいオッサンなんやけど、仲良くしてもらえるやろか？」

苦手だ。自分がどう見られているのかを過剰なまでに把握しており、そのうえで開き直っている感じ。タチが悪い。けれど、タチの悪くない大人などそういないのもまた事実。社会で生きていくためには、みんな何かしらのタチの悪さみたいなものを身につけていかねばならないものなのだろうか？　酒蔵を営む我が父とてタチの悪さは筋金入りであるからして、そういうものなのだろう。

神酒島先輩が無反応でいると、慌てて金髪頭の出邑先輩が前に出て「そりゃミウさんの彼氏なら大歓迎っすよ」と言った。

私は、神酒島先輩の表情を見守っていた。明らかに怪訝《けげん》な顔をしている。が、彼もずっと黙っているわけではなかった。

「もしかして、あなたがコイツをつぶしたんですか？」

笊川氏はふふんと笑ったあとで答えた。

「そや。このサークルの人間は酒が強いて聞いとったんやけど、大したことあらへんなあ。かえって悪いことしてもうたわ」

なぜか少し自慢げである。これは大学に入ってからよく感じることなのだが、どうして酒が強い人間というのはそれだけで自分に価値があると思いたがるのだろう？　私など酒に酔えないことをできるだけ目立たせないように気をつけているというのに。

「あら、笊川さん、もう着いてらしたの？」

背後で聞き慣れない、澄んだ声がする。

現れたのは――赤いワンピースと深紅の口紅が肌の白さを強調している妖艶《ようえん》な女性。大きなサングラスをかけていても、彼女が誰なのかはすぐにわかった。

海桃《かいとう》ミウ。私が芸能界からフェイドアウトしかけていた頃、美少女コンテストで一位をとってデビューし、今なお第一線で活躍し続ける女優だ。演技力には首を傾げるところがあるものの、毎年美人タレントランキングでは必ず五位以内に名前を見る。彼女がなぜこんなところに？

そう考えてハッとした。証子さんの言っていた「ミウ」って……。

「ミウ、暇やったから一人つぶしてしもうたわ、ほれ。最近の若いもんは、たわいないのう」

笊川氏はそう言ってさも自慢げに大山先輩を指し示す。

「わあすごいのね、笊川さんって男らしいわ」

海桃ミウはドラマでの演技同様、まったく感情のこもらぬうわべだけの笑顔をつくったが、その目は明らかに大山先輩にも笊川氏にも向いていなかった。彼女はただ神酒島先輩だけをまっすぐに見つめていた。

「久しぶりね。ちょっと痩《や》せたんじゃない？」

それが、先ほどから妄想のなかであれやこれやと姿形を変えて登場していた「ミウ先輩」のリアルだった。

4

ミウ先輩が笊川氏とお昼ごはんを食べに行ってしまった後、男子たちが海へ行ったのを確認してから、私と証子先輩の二人で着替えを始めた。今回の旅行は、宴会が地獄の様相を呈するという噂が足を引っ張ってか、女子率が伸び悩んだのだ。

証子先輩に、どうしても尋ねておきたいことがあった。

「あの、つかぬことを聞いてもよろしいですか?」

「『ミウ先輩とミッキー先輩ってどういう関係なんですか?』でしょ?」

「……」

「いいわよ、ミッキーはちょっと見カッコいいもんね。あんたが好きになるのもよくわかる」

うんうんと頷《うなず》きながら証子先輩は勝手に決めつける。

「ちょっ……わ、私はべつにそういうわけじゃ……」

こちらが否定しようが肯定しようがおかまいなしといった調子で証子先輩は語り始める。それによれば、ミウ先輩は神酒島先輩より二学年上の先輩。女優の彼女は、マスコミの目を避けるため、いつも濃いサングラスにマスクという怪しい風体で正体を隠していた。そんな彼女に同じ学部の講義中に話しかけ、サークルに誘ったのが神酒島先輩だった。

やがて二人は人目を忍んで付き合いだしたのだという。

「ところが、結局付き合っていてもミッキーはデートもせずに飲んだくれてるもんだから、忙しいミウ先輩に愛想つかされちゃったんだよね。で、映画の撮影で長期海外ロケに行っちゃって、そのまま卒業。現在に至るってわけ」

「なるほど……じゃあ、振られたのはミッキー先輩なんですね」

「そりゃそうよ。あの海桃ミウを振る男なんかいないもの。その別れを告げられたのが、この熱海合宿ってわけ」

熱海にそんな思い出があったとは。

そう言われてみると、何となくいつもの神酒島先輩よりも詩的な表情をしていたような気がしないでもない。

見つめているのに、同時に何も見ていないようで、なのに少しも酷薄な感じを与えないあの瞳《ひとみ》が、いまのような雰囲気になったのには、もしかしたらその一件が関わっているのかもしれない。

それにしても、まさか神酒島先輩の元カノが女優とは……。

ふと電車のなかで神酒島先輩が「浜辺の歌」に言及したことを思い出した。私は、中学校時代にあの曲を知り、綿菓子のようなふわりとした悲しみを帯びた歌詞をよく覚えていた。浜辺を歩きながら、「昔の人」に思いを馳《は》せる歌。

神酒島先輩はその歌を思うとき、誰のことを考えているのだろう？　この合宿中における宴会観察以外の目的ができたようだ。

5

空は水色だったけれど、海は空色ではなかった。

砂の色は、独特の乾いた灰色をしていて、いわゆるリゾート風ビーチよりも日本的でかえって風情がある。

本格ミステリなら、おどろおどろしいお屋敷で起きた殺人事件を調査するべく頭をぽりぽりと掻《か》いて名探偵が初登場するシーンにもよさそうだ。いや、それでは完全に横溝先生になってしまうか。

波打ち際に足を浸《つ》けるのが好きな私は、何の色気もないシンプルな形状をした紺色の水着姿で三角座りをしていた。波は私の足をくすぐってはまた海に引き戻され、それでもそっと陸に恋をしてそろりそろりと近づいてくる。

そんななかで私が考えているのは、じつは色気も何もない先ほどの「大山先輩惨酔事件」の真相だったりした。犯人が笊川氏なのは間違いない。何しろ本人が自慢げに認めているのだから。

大山先輩があんな情けない姿で酔いつぶれるのを見たのは入学以来初めてのことだ。我らの屋台骨を酒でつぶすのは簡単なことではない。よほど大量の酒を浴びるように飲ませたに違いない。

問題は、動機だ。

なぜ昼間に、初対面の人間をそこまで無理やり酔いつぶさねばならないのだろう？

いくら酒豪自慢にしても、度が過ぎてやしないだろうか？

たとえば、つぶされたのが神酒島先輩なら話はわかるのだ。ミウ先輩の元彼という情報を知っていれば、現在の恋人である笊川氏としては面白くない。せめて元彼より自分が優れていることを確かめたいと思うのかもしれない。

あるいは、そんな精神的優位性のためにとどまらず、実質的に今夜またミウ先輩と神酒島先輩の関係が復活することを恐れて早めにつぶした、とも考えられる。

だが、初対面の大山先輩をつぶす理由としては、まったく当てはまらない。

やはり、単なる驕《おご》りか。悪《あ》しき驕り。我こそはナンバーワンというエゴとエゴのぶつかり合いが、惨劇を生んでしまったのか。

しかし――それならなぜ我々ほかのメンバーは笊川氏の驕りの魔の手を免れられたのだろう？

ああ、ミウ先輩が登場したからか。手綱が現れて落ち着きを取り戻しました、めでたしめでたし。いや、全然めでたくはない。むしろ今夜が怖くなってきた。笊川氏は夜に向けて体力を温存しているのかもしれない。大山先輩をやっつけた勢いで、全員ぶっつぶそうと。

私は浜辺を見回した。

浅瀬では証子先輩が三鳥先輩とイチャイチャしている。ほかの男子はどうしているかというと、これが水着にすら着替えることなく、浜辺で何やらがやがやと楽しんでいる気配。

しかし、そのなかに神酒島先輩の姿はない。

私は彼らのもとへ行って、出邑先輩に尋ねた。

「ミッキー先輩はどこですか？」

「ああ、あいつ、合宿では日中岩陰でずっと本読んでるんだよ」

「へえ、それは、らしくないですね」

「浜辺で酒に酔うのが礼儀に反するとか何とか言ってたな。それに波を見ながら酒を飲むと二倍酔って気持ち悪くなるんだって」

ずいぶん特殊なちゃんぽんがあったものだ。

私は、それとなく周囲に視線を走らせた。少し離れたところに、巨大な岩があるのが目に入る。その岩の、巨人にでも抉《えぐ》られたようにくぼんだ根本のところに、サングラスをかけたまま寝そべって読書に耽《ふけ》る神酒島先輩を見つけた。

そちらへ向かって歩きだしたとき、出邑先輩が大声を上げた。

「よし、それじゃあゲームスタート！」

驚いて振り返る。見れば、一年男子の一人が目隠しをされて、紙コップを手渡されている。

「……な、何をしてるんですか？」

「酒当てゲーム」と出邑先輩。「スイカ割りはビーチを汚して良くないからねえ」

「だからって酒当てゲームをその代わりにするのは……」

「これ、結構当たらないんだぜ」

こっちの言うことを聞いているのかいないのか。出邑先輩はふとこちらの胸の辺りをじっと見て、

「ほう、全然ないようでいて、少しはあると」

「出邑先輩、私の握り拳《こぶし》は臨戦態勢にありますからご注意を」

アハハと笑って後ずさる。どうやら命は惜しいらしい。

さて気を取り直し、ゲームスタート。

目隠しをされたのは、一年のゲソ田《た》くん。これは渾名《あだな》で本名は知らない。宴会ですぐつまみにイカゲソを注文するものだからこんな渾名になった。酒はまあまあ強いほうとは言え、先輩方の比ではない。大丈夫なのだろうか。

ルールは簡単で、酒の銘柄を当てない限り延々と注がれる酒を飲み干していかねばな

らないというただそれだけ。先輩方がそのために買い込んだアルコールは古今東西さまざまで、初めて見るものも多く交ざっており、その意味では見ていて飽きなかった。

結局、トップバッターのゲソ田くんは、十五回も連続で間違えた。そもそも出てくる酒の銘柄が珍しすぎてわからない。〈ジョニ黒〉なんかが出てくるうちはまだよいのだが、〈クエルボ〉だ〈アプルトン〉だと徐々にマニアックのヴォルテージを上げられると、もう一年坊にわかるはずもない。ヘベレケのケンタウロスになって、〈人間波〉よろしく寄せては返すを体現し始める。

ここでサービス問題とばかりに焼酎《しょうちゅう》のなかではスタンダードな〈黒伊佐錦《くろいさにしき》〉が登場。

「わ、わかりました……これは、いさにしきです」

出邑先輩はにんまり笑う。

「……はい、不正解。〈黒伊佐錦〉と〈伊佐錦〉は別の酒だ」

鬼、鬼がいる。その一杯が致命的となって、彼はあえなくばたりと砂浜に倒れかけ、抱えられて民宿に運ばれていった。

「夕方までには元気になるだろう」

そんな暢気《のんき》な決断を下して、出邑先輩はなおも「酒当て」を続けようとする。

と、そのとき――。

「俺もまぜろ」

本を読んでいたはずの神酒島先輩がやってきたのだ。

「お前、海辺で飲むのは嫌いだろうが」

「そう、嫌いだから飲ませにきた」

「は？」

「出邑、次お前な」

「ば、馬鹿モノ、俺は大体の酒はひと舐《な》めでわかるから意味が……」

「普通ならな。だからちょっとハンデをつける」

「ハンデ？」

神酒島先輩は、ニヤッと笑った。

出邑先輩の表情が引きつるのがわかった。

太陽が、砂上の狂気宿る遊戯を、薄ら笑いを浮かべて見守っていた。

6

神酒島先輩の言うハンデとは、酒を二種類ないし三種類以上混ぜるというものだった。

そして、何と何が混ざっているのかを正確に言えなければ、全部飲み干した挙げ句次の回もチャレンジしなければならない。

結果は、出邑先輩の十八連続惨敗に終わった。十七杯目から顔が青くなり、十八杯目でグロッキーになった出邑先輩を、先ほどのゲソ田くん同様に一年男子二人が民宿へ運んでいく。一応今回の旅行にて救急箱係を務めることになった手前、民宿までついていく。

運ばれながら出邑先輩がこう言うのを私は聞き逃さなかった。

「ちくしょう……ゲフッ、それにしても……ゲフッ……なんであいつ今年にかぎって急に加わってきたんだろう？」

過去二年はいずれも読書をして過ごしていたという神酒島先輩。その彼が、何のつもりか突如書を閉じて酒に興じた。

そこには何か理由があるのだろうか？

訝《いぶか》っていると、突然出邑先輩は私を指さして言った。

「もしかして――オチョコちゃんに気があるからだったりして」

「なななななな……ないでしょう」

「冗談だよ。あいつの好きなタイプははっきりしてるからな」

なぜ口をへの字に曲げている、自分。

そして何だろう、このふつふつと湧き上がる面白くない感情は。私は不愛想に吐き気止め薬を出邑先輩に押しつけて浜辺に戻った。

その後も、神酒島先輩の勢いは続き、三島先輩まで引っ張り込まれてつぶされ、気がつけば真っ昼間からほとんど全員が旅館で寝そべっている、まったくいつも通りの展開となった。

酔っ払いの介抱は証子先輩が引き受け、無傷の神酒島先輩と飲んでも酔えない損な体質の私とで後片づけをして戻ることになった。

海を旅してやってくる風は、背負ってきた匂いを浜辺にえいやと放つ。海の冷たさと温かさと、両方がそのなかに眠っている。

私は神酒島先輩の顔を、何とはなしにしげしげと眺めていた。

「なんだよ、オチョコ」

「……先輩、イライラしてますね？」

「してないよ。面白くない気分なだけだ」

「それ、ほぼ同じことです」私は恐る恐る尋ねた。「どうして酒当てゲームに加わったりしたんですか？」

「加わってないだろ？　俺は一滴も飲んでない」

「でも参加したことに変わりは——」

「そりゃ幹事長だからな。知ってるか？　サークルから死者が出た場合、そこの幹事長は大学を退学になるんだ」

「え……そうなんですか？」

そうだよ、とさらりと答えて神酒島先輩は片づけを続ける。

「それに、今夜の修羅場は邪魔が入らないほうが気楽だ」

修羅場？　それはいったい……。

問い返そうとしたそのとき――砂浜に長い影が伸びた。

その影は私たちの前で止まった。

神酒島先輩もそのことに気づいているはずだったが、黙々と作業をつづけていた。

影の正体は、ミウ先輩と笊川氏だった。

生身の海桃ミウはいっそう透明感があった。美しさのなかに意志の強さがあり、他人の理解を拒絶するような棘《とげ》が、彼女の魅力となっていた。花にたとえるなら――薔薇《ばら》だろうか。対する笊川氏はさしずめ薔薇にたかるカミキリムシといった感じ。彼はよほどミウ先輩がご自慢と見えて、肩を抱き寄せ我がもの顔をしている。ミウ先輩のほうは、そうされるのが別段嫌なわけではなさそうだったが、その視線が神酒島先輩に相変わらず向いているのはどう判断するべきだろう？　これは神酒島先輩を嫉妬《しっと》させようとしての作戦か？

哀れ隣のカミキリムシは、そんな薔薇の視線に気づくことなく、ぎらぎらした太陽を見上げて満足げにニッと笑った。感情のベクトルが異なっているのに、絵としてはいちゃつくカップルとして見事に収まっているのは滑稽《こっけい》の極みだ。

笊川氏の態度ときたら、まるでゲームに勝利した直後のサッカー選手のようではないか。ミウ先輩の視線の行方を知ってもそんな顔を続けられるのかしら、と訝る一方で、ミウ先輩の不誠実さが不快なものに映ったのは言うまでもない。

ガツンと言ってやってくださいよとばかりに、私は神酒島先輩を見やった。ところが

——神酒島先輩は「俺、先に戻る」と言い残してボトルの入った袋を担いで行ってしまった。慌ててその後を追いかけようとしていると、ミウ先輩に引き留められた。

「ねえ、ちょっと聞いてもいい？」

「……何でしょうか？」

「あなたたち、付き合ってるの？」

「いや、その、あの、ただの後輩……みたいな感じです」

私は自分の意思と無関係に上気する顔を太陽のせいにすることに決め込んだ。

「ふうん、でも、あなたのほうは好きみたいね」

「そんなこと……ないです！」

ミウ先輩は含み笑いを浮かべる。

「いいこと教えてあげる。あの人、岩陰にいたときからあなたのことばかり見ていたのよ」

「……ち、違うと思いますが」

私は眼鏡を指で押し上げた。熱い。熱風のせいではない。身体の芯《しん》から外に向かってくる熱にやられているのだ。

「頑張ってね」

ほな、と笊川氏は言ってミウ先輩の肩から背中へ手をずらし、私に背を向けて歩き出した。促されて歩き出したミウ先輩の赤いワンピースの裾《すそ》が、砂浜の波のように見えた。

それからしばらく、私はただ波音の騒がしい浜辺に佇《たたず》んでいた。

7

風が強くなり、波が少し高くなってきた。

ミウ先輩の言葉を否定しようとするほどに、さきほどの出邑先輩の言葉が胸によみがえる。

——もしかして——オチョコちゃんに気があるからだったりして。

いや、あれはその後すぐに冗談だと否定された説。信憑性《しんぴょうせい》など微塵《みじん》もない。何を図々《ずうずう》しく乗っかろうとしているのだ、と自分を否定しつつも、こうした憶測は寄せては返す波のように胸に去来する。ああ、これが神酒島先輩の言っていた驕《おご》りか。

それにしても、ミウ先輩はなぜあんなことをわざわざ私に言ったのだろう？　たとえ神酒島先輩が私のほうを見ていたのが事実だとしても、それ以前にそんな神酒島先輩をミウ先輩は観察していたことになる。

考えてみれば、彼女はどうして今回の合宿に参加を決めたのだろう？　元カレが幹事長を務めるサークルの夏合宿に、現在の恋人とともに姿を現す。挑発しているとしか思えない。

ミウ先輩は神酒島先輩のことをどう思っているのだろう？

自分から振っておきながら、再びよりを戻そうとでもしているのだろうか？　だとしたら、さっきの言葉はアドバイスのふりをした「探り」かもしれない。

私は浜辺に佇んで押し寄せる波を見ていた。その波の動きが、自分の心の動きと似てくる。みんなのところに戻ろう、と思うけれど、身体が簡単には動かない。どうもいけない。変に意識しすぎている。

あれこれ思案していると、背後から声をかけられた。

「オチョコ、買い出しに行くぞ」

振り向けば、そこに神酒島先輩が立っていた。

「あ、はい。というか、私まだ水着なので着替えてきます」

「急げよ」

大慌てでその場を離れ、民宿に戻る。

民宿の階段をぎこぎこと上って行くと、二階ではまだグロッキーな方々がトドのように眠っている。それを尻目《しりめ》に証子先輩とミウ先輩がガールズトークを繰り広げている。

いまだ眠りこけている大山先輩のとなりには、笊川氏の姿があった。彼はビールを飲みながらじっと大山先輩の顔を観察し続けていた。ハンターが敵方の巣を覗《のぞ》き見ているように鋭い目つき。だが、酔いも手伝ってか、勝ち誇ったような表情が浮かんでは消える。

やはり笊川氏のターゲットは大山先輩だったようだ。大山先輩が目を覚ましたら、その瞬間に再びノックアウトしてやるとでも言いたげである。

日頃世話になっている大山先輩のためにもここは居座りたいところだったが、いつまでも水着で突っ立っているわけにもいかず、水色のタンクトップと白のショートパンツに着替えて神酒島先輩のもとへ戻った。

神酒島先輩は海辺の交番前で警官と何やらしゃべっている。近くにある酒屋の場所でも聞いているのだろう。

私が近寄っていくと、先輩は戻ってきて、行こうか、と言った。

「場所はわかったんですか？」

「場所はわかってるけど、遠いからパトカー出してくれって頼んでたんだ」

「そりゃあ……無理です」

「だって遠いのは町の問題だろ？」

どこまで本気で言っているのかと疑うところだが、こういうとき、神酒島先輩は脳味《のうみ》噌《そ》を一つ二つあえて作動させずにしゃべるところがあるのだ。彼の発言をスルーして話題を変える。

「ところで、ずっと疑問だったんですが、笊川氏はどうして昼間っから大山先輩をつぶしたりしたんでしょうね？」

「大山に負けたくなかったんだろうな。支配欲の強そうなタイプだから」

「まあ、大山先輩は体格もいいし、お酒も強そうに見えますもんね」

やはり、神酒島先輩も自分と同じ見解なのか。

少し、面白くない。心のどこかで別の回答を期待していたのだ。

夕闇の潮風は心地よく髪を弄《もてあそ》ぶ。大きな船が波止場にいくつか停まっていて、左手には乾物屋が並んでいる。海辺の町並みを歩いていると、生まれる前の記憶をくすぐられるような変な気分になることがある。

「この辺はとにかく魚がうまいんだよ」

神酒島先輩はひょいひょいと乾物屋に入り、エイヒレを大量購入する。

「エイヒレほど経済的な海の幸もない。酒にもよく合うしな」

「そうなんですか？」

「日本酒に入れてふやかして楽しんでもいい」神酒島先輩はエイヒレを袋からちぎって手渡した。口に入れると、くにくにした歯ごたえに苦戦しつつも、海の風味豊かな珍味が口内に広がる。

「これから結構歩くぞ。パトカーに乗せてもらえばよかったと後悔するくらいな」

「……望むところですよ」

神酒島先輩のとなりを歩くのは、どこかふわふわとした酔いとも似ていて嫌いではないのだ。でもそう素直には口が動かない。

「『浜辺の歌』の話、覚えてるか？」

唐突に神酒島先輩が尋ねた。

「あ、行きにしていた話ですね？」

「あれって実は三番の歌詞が少しおかしいらしい」

「そうなんですか？」

「うん。そもそも一番、二番と違いすぎるうえに、メロディにうまく乗っていないんだ。これには、どうも当時の印刷ミスみたいなものがあるらしい。もともと三番と四番があったものがドッキングされておかしな具合になったんだとか」

「あ、知ってます、それ……」

私が知っているのは、もちろん、ミステリで仕入れた知識である。たしか鮎川《あゆかわ》先生の鬼貫《おにつら》警部シリーズに「浜辺の歌」を扱ったものがあったのではなかったかしら。

「でも、俺が気になるのは一番と二番の関係だ。一見すると、あまりに違いがなさすぎて二番が少し物足りなく思えるんだ」

「物足りない……ああ、たしかに」

同じことを、昔感じたことがあった。

歌詞は、たしかこんな感じだ。

あした浜辺をさまよえば
昔のことぞしのばるる
風の音よ　雲のさまよ

寄する波も　貝の色も
ゆうべ浜辺をもとおれば
昔の人ぞしのばるる
寄する波よ　かえす波よ
月の色も　星のかげも

「時間帯を変えただけ。それも一番に登場した『寄する波』が、二番では『寄する波よかえす波よ』と繰り返しているのも解せない。寄せた波は返すに決まっている。一番で省略されているけれどみんなわかっていることなのに、二番ではついにそれを説明しにかかってしまう。


「俺はずっと、過去を振り返りながらひねもす浜辺を歩いてる人の歌なんだと思っていたんだが、あるときこう考えた。一番と二番はべつべつの人間の視点なんじゃないかってね」

「べつべつの視点――ですか」

「朝と夜、違う時間帯に男と女がそれぞれ同じ場所を歩いたとしたら、一見単調に朝の浜辺から夜の浜辺に変わっただけの歌詞がドラマティックに変化すると思わないか？」

そんな読み方をしようなんて、考えたことがなかった。その解釈が合っている保証はまるでない。けれど——そう考える楽しみを許されているのが詩のよいところでもあるだろう。

「よく見ると朝と夜では感情の力点が違う。一番は海よりも空に感情の力点を置いている。対して、二番の夜では海に力点を置いている。これは見ている人間が違うせいじゃないかな。風の音や雲のうごきに感情を添わせたがるのは、自由を求める男性的な感じがするが、海の波の揺れ動きと同化しようとするのは、揺らめく女心を思わせる」

つい今しがた波に自分の心を重ね合わせた直後だっただけに、ズキュンと心臓を貫かれる。

「三番の謎多き解釈のことは脇に置いておくとして、この歌は男女の心のすれ違いをうたった曲っていう解釈もあっていいと思うんだよ」

「たしかに、『こと』を思い出す男と『人』を思い出す女、二人の心のすれ違いが見えるような気がしてきますね」

今まで見えていたのとは違う詩情が漂う。

「ミッキー先輩」

「ん?」

少しだけ迷った。

聞くべきか、聞かぬべきか。野次馬のように思われるのがいやだったのが一つ、単に怖かったのが一つ。でも結局尋ねてしまった。

「ミウ先輩と別れた理由って、何だったんですか？」

長い沈黙があった。

波の音が、私の過ちを責めているようにすら感じられる。となりをやけに速度のゆるやかなトラックが走り去る。空は赤くなり、海はその色に染められる。波打つ海原は、ちょうどミウ先輩の赤いワンピースを想起させた。

「証子の馬鹿がぺらぺら余計なことしゃべったな？」

「……いや、あの、私が聞きたがりまして」

すると、神酒島先輩は私の額を指でピンと叩《たた》いた。

「うぐ、痛い！」

「宴《うたげ》の後で教えてやるよ。今日は早くに終わるはずだから」

一陣の風が吹き、サンダルの辺りに一滴海のしずくが当たった。

「まあ、お前次第だけど」

神酒島先輩は――何かを企《たくら》んでいるようだった。

何だろう？

私はそれが何なのか、少し恐ろしくも、楽しみになってしまった。

8

ほとんどが酔いつぶれているなかで、しめやかに宴が始まった。

古い畳の匂いと磯の香り、窓辺の風鈴が合わさってえも言われぬ風情を醸し出しているけれど、たぶん海辺に生きる人にとってはなんてことのない日常なのだと思うと変に感慨深い。

酒の席を囲んでいるのは、私から時計回りに神酒島先輩、ミウ先輩、それから笊川氏。証子先輩と酔っ払い三鳥先輩は二人でこっそりと民宿を抜け出し、どこかで不謹慎にもデートをしている気配。

都合、微妙な四人が残されている。

そんななか、乾杯後に口を開いたのは、神酒島先輩だった。

「笊川さんは酒豪ですか？」

日中から飲んでいて多少頬の赤くなった笊川氏は、その質問自体が快感だとでも言うかのようににんまり笑う。

「まあ、酒豪やなあ。俺より酒が強い奴には会《お》うたことないさかい」

「そうですか」と、ふいに黙って神酒島先輩は窓の外を見やった。

「なんや、幹事長」

「ということは、酔って暴れたりはしないんですねぇ」

「わからんなぁ。酔うたことないし」

「そうなの。笊川さんは、本当にお酒、強いのよ」

横からミウ先輩が合いの手を入れ、わざとらしく笊川氏の腕をとる。なぜそんなに挑むような調子なのか疑問だけれど。

「なるほど」

神酒島先輩は意味ありげにそう言って酒を口に運んだ。

「おっと、兄ちゃん、けしかけんほうがええで。酒がまずうなる。せっかくこうして出会うた仲やないか。おっちゃんと楽しく飲み明かそうや」

出会って早々に大山先輩をつぶした男が言うセリフではない。

「そうですね。酒豪とは俺も楽しく飲みたい。ただね、うちのサークルでは、周りの人間をつぶして喜んでるような人間を酒豪とは言わないんですよ」

その発言、昼間にことごとく仲間をつぶしたご自身の行ないとズレてやしませんか、とはもちろん突っ込まない。酔いの席では矛盾は矛盾ではなくなる、とは神酒島先輩の格言である。

「はっきりさせませんか？　どっちが本当の酒豪なのか」

生ぬるい風が、緊張した空気の間を泳いでいく。

しばらく二人は睨《にら》み合っていた。

が、ややあって笊川氏は言った。

「ええで。やったろうやんけ、幹事長。つぶれる覚悟はあるんやろな？」

「おっと、酒豪は俺じゃありませんよ」

ようやく神酒島先輩が何を企《たくら》んでいるのか何となくわかってきた。

これは仇《あだ》討ちの飲み会なのだ。

それも——その仇を取らされるのは——。

「酒豪は、ここにいる小娘です」

神酒島先輩が指さしたのは——私だった。

「この子が？」

「早く飲む必要はありません。それぞれ一升瓶をお猪口《ちょこ》に注ぎ——このストローで飲む。ルールはそれだけです。簡単でしょう？」

それは、さっき買い物の際に神酒島先輩が購入した乳酸菌飲料専用の極細ストローだった。

「このストローを使って、一升を飲み終えた段階での酔い具合を確かめ、そこでどちらが本当の酒豪か決めましょう」

笊川氏は鼻で笑った。

「俺はたった一升で酔うたことなんかないで」

神酒島先輩はにやりと笑った。

私は、まんまとこの男に担ぎ出されてしまったのだ。

かくして勝負は始まった。私と笊川氏の前に置かれたのは〈喜久酔《きくよい》〉の大吟醸。こんなもったいない飲み方なんかしていいのだろうか、と私は顔をしかめる。

こう見えて、酒蔵の家に生まれた娘。日本酒なら有名どころは大体飲んでいる。〈喜久酔〉の大吟醸ともなれば、その舌触りの柔らかさは天下一品。一度体験すれば、酒嫌いでもやみつきになること請け合いである。

その美酒を――ストローで飲むなんて。嗚呼《ああ》ごめんなさい、と思いながら、一方ではストローでちゅうちゅう飲んでもその柔らかさは変わることがないのだわ、と早くも感動に浸ってしまう。水を飲むより飲みやすく、口のなかに水があるのに、水のなかに身体を浸しているような心地よさがある。

どうやら舌が私になっているようで、この瞬間に舌を引き抜かれでもしたら、きっと死んでしまうのだろう、などとわけのわからないことを考えてしまうのは、要するに美《お》味《い》しさの真っ只中《ただなか》にいるからなのである。

ああ、これは海だ。いま私は海にいる。

そうこうしているうちに、半分くらい飲んだだろうか。

口の中が甘くなってきたので、エイヒレを投入する。これがまたよく合う。地元の酒と地元の乾物に勝る組み合わせはない。

笊川氏にちょっとした変化が訪れたのは、そんなときだった。一升瓶なんかでは酔わないと主張していた男の顔に、何やら酔いを思わせるどろんとした表情が浮かんでいるではないか。

と思う間に、みるみる彼の顔は朝焼けの富士山《ふじさん》のごとく赤く変化していく。

そのうち右に左に揺れ始め、少しずつ動きは怪しくなる。

「だ、大丈夫ですか？」

私はあまりの事態に心配して声をかけるが、

「なにがやねんやねん」と笊川氏は止まりかけのブランコみたいな口調で返す。

これはもうダメだ。人間はさまざまなれど、酔い始めの症状は似たり寄ったり。

「せ、先輩——。あの……」

「笊川さん、もうやめますか？」

神酒島先輩は私を手で制して笊川氏に尋ねる。

「なぁにいうてまんねんまんねん……これくらいで」

おお、出ています、何かべつのイケナイ生物が……。

そう言えば、ストローで飲むとアルコールの吸収が早いと聞いたことがある。そうか、
それで神酒島先輩は酒代をかけずに短時間で勝敗がつくようにストロー勝負をけしかけ
たわけか。

「ミウ、このさいやから言うとくで。この旅行おわったら、荷物まとめて大阪きいや。

俺が守ったるたる。あんたの輝く場所は女優とちゃうやろ」

ミウ先輩の顔に怪訝《けげん》な表情が浮かんだ。

「な、何を急に言い出すの？」

「せやからな――うちの旅館の女将《おかみ》にぃ、なってほしいんやぁ」

その瞬間――ぽおっとミウ先輩が赤くなった。が、すぐに表情を引き締める。

「そんな酔った人に言われても……困るわ」

「しらふらふらふやないか」

「もうこれ以上飲んじゃダメ」

ミウ先輩は笊川氏から一升瓶を取り上げようとした。しかし、神酒島先輩はそんなミウ先輩に鋭く言い放った。

「まだ飲めると言ってるんだ、飲ませてやりましょうよ、先輩」

その目はひどく冷たく、何の温度も含んではいなかった。ただの海の底ではなくて、冬の氷の下に眠る海を思わせる。夏なのに、ひんやりする。


「神酒島くん、もうやめさせて」

ミウ先輩は、それほど大きい声でもなく、ただ剣士が刀を振り下ろす瞬間に神経を集中させるときのような研ぎ澄ました調子でそう言った。

その言葉を聞いた直後、笊川氏の顔色が変わった。彼は何を思ったのか、ストローで一気に残りを吸い上げ、そして――。

バタリ。

その場に倒れた。

ミウ先輩は、慌てて笊川氏を抱きとめた。

神酒島先輩は――立ち上がると、ミウ先輩に向かって言った。

「わかったでしょう？　自分の気持ちが」

自分の気持ち？

どういう意味なのだろう？

行こう、と言って神酒島先輩に腕をぎゅっとつかまれた。

神酒島先輩は入口付近に置いておいたビニール袋を持つと、階段を下りていった。慌てて追いかけ、外に出る。

民宿の夜は長いが、浜辺の夜はもっと長い。

ライトアップされた熱海の海が群青《ぐんじょう》色にきらめき、砂浜は昼間とは違って幻想的な色彩を帯びていた。もちろん、それは夜の青い闇とのコントラストによって初めて感じられる幻想だった。

「せっかくだから、花火でもやるか」

「……いいんですか？　ミウ先輩放っておいて」

「そっとしといてやれよ」

いったい何が起こったのか、さっぱりわからなかった。

「先輩――あの、説明してくれませんか？　どういうことなのか」

神酒島先輩は風の吹いてくるほうに背を向けて花火を二本取り出し、一本を私に手渡した。

「まあ、一杯やろうや」

「お酒みたいに言わないでくださいよ」

「花火だって結構酔えるんだぜ？」

まったく、と言いながら、私は神酒島先輩のとなりに腰を下ろした。

神酒島先輩から、微《かす》かに甘い体臭が香ってきた。

「それじゃあ、はっきりさせようか。〈笊川氏はなぜ大山を真っ昼間から飲ませてつぶしたのか〉」

9

真夏でも、海から吹き上がる潮風は冷たさを含んでいる。海の荒々しさを引きずりつつ、気怠《けだる》そうな顔で砂を撫《な》でて通り過ぎていく。

夜の浜辺で、酔いの理《ことわり》がひもとかれようとしていた。

焰《ほのお》が揺れる。

花火の先端に火が点《とも》る。しゅわわわわと音を立てて花火が閃光《せんこう》を放つ。

その火を見ていると、自分の身体のなかでも何かが少しずつ燃えていくような気がしてくるからまったく奇妙だ。酒による酔いを知らぬ身にも、ああこれぞ酔いよと感じられる感覚がある。

「『浜辺の歌』の話をしただろう？　基本的にはあれと同じさ。男と女のパートに分かれているんだ」

「男と――女のパートに分かれている？」

「今回の合宿に参加したいとコンタクトをとってきたのは、ミウだった」

〈ミウ〉と呼び捨てにできるところに二人の付き合いの年月を感じて、くおおっとなる。

そんな私には構わず先輩は続ける。

「ところが、ここに彼女の過去に嫉妬《しっと》する生き物がいる」

「笊川氏ですね？」

「彼はミウから俺の名前を聞き、この合宿でつぶしてやろうと考えている。これが第一パートとなる」

「元カレをつぶそうってわけですね？　そこまでは何となくわかるんです。問題は、どうして大山先輩がつぶされてしまったのかってことですよ」

そう、結局この騒動の発端はそこにあるのだ。

なぜ大山先輩を真っ昼間につぶさなければならなかったのか。

神酒島先輩はふふっと笑いながら花火をぐるりと回して遊びはじめた。火はその手の動きに遅れじとついて行く。

「それは――奴が神酒島だと名乗ったからだろうな」

わが耳を疑った。そんな馬鹿な……。

「な、なんで大山先輩がミッキー先輩だなんて名乗らなくちゃならないんですか！　そんなの変です、あり得ません」

でもあり得たんだ、と静かに神酒島先輩は答えた。

花火の色が刻一刻と変化すると、闇の色まで一緒に違って見える。

まるで――神酒島先輩が紡ぐ理のようだ。

「恐らく笊川氏は大山が〈熱民〉に到着するより少し前に宿に着いていたんだろう。そして、大山が入ってくる現場に居合わせた」

「だから、それがいったい――」

それがいったい何だと言うのだ。

「だからね、宿泊予約名だよ」

「宿泊予約名？」

「大山は宿に着いてこう言ったはずだ。『今夜泊まることになっている神酒島です』。俺の名前で予約してるんだから、そう言うに決まっている」

「あっ！　そ、それじゃあ……」

「笊川氏は、勘違いしたんだよ。大山が俺だってね」

　馬鹿げている。大山先輩にしてみればいいとばっちりではないか。

「大山は年功序列を重んじる男だからな。なぜ挑戦的に飲まされてるのか合点は行かなくとも、ミウの彼氏とあっては飲みを断るわけにもいかず、唯唯諾諾と飲まされていたんだろう」

「何と哀れな」

「哀れと言うなら、とことん勘違いしていた笊川氏さ」

「え？」

「俺はミウの元カレなんかじゃない」

「ち、違うんですか！」

　違うよ、とこともなげに言って神酒島先輩は変色し続ける短命な閃光を見守っていた。

　やがて光が途絶える。

　光が消えると、波の音が耳に戻ってくる。視覚と聴覚、べつべつの器官が捉《とら》えるはずなのに、身体のなかではそれらの情報はいっしょくたにでもされているかのようだ。

「ミウは学生時代からしつこく俺にモーションをかけてきた。『私の美貌《びぼう》に見向きもしないなんてあなたが初めてよ』ってね。彼女は女優だから外見でちやほやされることが多かったんだろう。

ところが、俺が声をかけたときの彼女はサングラスにマスクをしていた。その状態で声をかけられたことで、ミウは俺が外見にこだわらずに彼女に惚《ほ》れこんでいると勝手に曲解したんだ。俺はただ先輩に女子部員を増やせって言われて奔走しただけだったのに」

神酒島先輩が彼女のうわべを見ていなかったのは真実だとしても、それと彼女に恋をしたというのは次元の違う話なのだ。でも、それが彼女にはわからなかった。たぶん、近づいてくる男はみんな彼女を好きだったからだろう。

「いつも俺に引っついて歩くもんだから、誤解してる連中も多かったようだが、実際には彼女の恋人ごっこに付き合ったことは一度もないんだ」

——結局付き合っていてもミッキーはデートもせずに飲んだくれてるもんだから、忙しいミウ先輩に愛想つかされちゃったんだよね。

証子先輩、誤解ですよ、と私は内心で呼びかけた。

それにしても——何だ、この肩の軽い感じ。

私——なぜ喜んでいる？

頭を振りながら、今度はススキ花火を取り出した。勢いも穏やかで、じつは手持ち花火のなかではこれがいちばん好きかもしれない。

火のなかには小さな昨日が幾千も詰まっている。

だから、花火を終えた後は、幾千の昨日が消えたような、でもすぐそこにあるような感覚に満たされて、ドキドキしてしまうのだ。

「さて、ここからミウのパートに移る。じつは俺が本当に腹を立てているのはここのところでね」

「どうしたんですか？」

「昼間に、俺は岩陰で本を読んでいただろう？」

「ええ、毎年恒例なんですよね？」

「それなのに、今年はそれができなかった」

「それも気になっていたんです。なぜなんですか？」

「うるさかったからさ。岩の裏側で男女の声がね」

そのオブラートに包まれた表現で私はすべてを理解した。そして、なんだか顔が赤くなってしまった。

「まあ、そんなわけで彼女は俺を怒らせた。奴は俺を嫉妬させようとして、熱海の浜辺で昼間に読書をするという俺の楽しみを奪ったんだ。だから――本当は放っておこうと思ったけど、きっちり笊川氏をつぶしてやることにした」

「復讐《ふくしゅう》――ですか？」

「違うね。俺はそんな野蛮なことしないよ。煩わしいからわからせてやったんだ」

「わからせた？」

「彼女がいま、誰を好きなのかをね」

誰を——好きなのか？

「あのまま笊川氏が酔いつぶれるまで放っておいたら、ミウは本当に笊川氏のことを何とも思っていないってことになるだろう。でも、直前にプロポーズされて気づいたのさ。笊川氏が、彼女の外見や女優という肩書きを愛してるわけじゃないってことに」

——あんたの輝く場所は女優とちゃうやろ。

一瞬怪訝《けげん》な顔になりこそしたが、彼女はあのとき、本心では嬉《うれ》しかったのか。

「〈本当の自分〉なんて幻想さ。コンプレックスがどこにあるか、それだけだろう？彼女は見た目のよさだけで女優として成功した。だからこそ、見た目以外で評価されたい気持ちが強かったはずだ。仕事ではそれが望めない。せめてプライベートでは——と考えていたんじゃないかな」

「それじゃあ、ミウ先輩は笊川氏のことを受け入れたんですね」

「彼女は、あのタイミングで俺の名前を呼ぶことが、実質的にタオルを投げることになるとわかっていたはずだ」

大山先輩を神酒島先輩と思っていた笊川氏へのカウンターパンチ。

「そうしたのは、彼女が笊川氏に愛されているという驕《おご》りを抱けたからだ」

なんて不器用な人なんだろう。プロポーズされるまで、本当に愛されているか自信が持てなかったなんて。

「まるであの歌みたいだろ？　恋人の『昔のこと』を気にする男と、『昔の人』を気にする女。すれ違いのなかで揺れ動く魂。でも、もう答えは出た。ミウなら旅館の女将《おかみ》も似合いそうだしな」

私と神酒島先輩は、線香花火の最後の一本を終えると、二人で波の音に耳を澄ませた。

「このままここで朝を待つか」

神酒島先輩は、ごろりと横たわった。

部屋に戻るのは気まずい。私たち以上に、ミウ先輩が気まずいに違いない。この判断は、神酒島先輩なりのやさしさなのだろう。

私は胸の高鳴りを意識しすぎて、何も答えられなかった。

直後に——神酒島先輩の寝息が聞こえてきた。

その寝顔を見ながら、今夜は眠れそうにないな、と思った。

10

朝になって知ったことだ。夜明け前に、ミウ先輩と笊川氏は宿代を机に置いて姿を消していたのだった。

神酒島先輩にカーディガンをそっとかけて一足先に戻ると、証子先輩がそのことで大騒ぎしている最中だった。

騒ぎで目覚めた大山先輩は、よおしこれから夏合宿だと盛り上がろうとしていたが、ほかのみんなが帰り支度を始めているのを見て、世界とのギャップにもがき苦しんでおられた。

「どういうこと？　これ」

「さあどういうことでしょうね」

私はおかしさを必死でかみ殺していたら、代わりにあくびをしてしまった。そんな私を見て、大山先輩が言った。

「オチョコちゃん、クマ出てるよ」

「がおお……何でもありません」

私は——神酒島先輩のとなりでずっと眠れずに波の音を聴いていたために、ひどい睡眠不足に見舞われていた。

帰りの電車のなかでも——魂は揺れていた。

踊り子号東京行きが揺れているためではない。

私は、少しずつ自分の気持ちに気づいていたのだ。自分の驕りの矛先に。もはや有名子役でも何でもない私が、目下のところ酔わせたいのは、ただ一人だけなのかもしれなかった。

となりの席から、同じくあまり眠れなかったらしい神酒島先輩の寝息が聞こえてくる。今度の寝息は本物のようだった。

身体の奥で、まだ花火がちりちりと音を立て、寄せる波の音は車内のノイズを掻《か》き消すほどに響いていた。月と海の間を行きかう風、腿《もも》のあたりに貼りついて憩う砂たち。

私はまだ、浜酔いの、只中《ただなか》にいるのだ。

月酔いロジック

Tsukiyoi Logic

絶望的なまでに退屈な九月が終わろうとしていた。

ゴールデンウィークが終わったときもそうだったけれど、夏休みが終わると、また急に恋愛関係に発展した男女がやたら大学キャンパス内で目につくようになり、このままでは男女交際をしていない人間が珍種として標本にされてしまうのではと危惧《きぐ》するほどだった。

そんな浮ついた雰囲気のなかで、私は一人まだ夏の浜辺の夢にどこか身体を支配されてしまい、「心ここにあらず」を体現するうちに一か月を無為に費やそうとしていた。

十月が目前に迫っても、心にかかった靄《もや》は晴れない。救いは今日が金曜で、週明けには月が変わることだ。十月になれば少しは落ち着くのかもしれない。そんな、何の根拠もないことを思いながら、十五号館のドアを開いた。

古びた校舎特有の埃《ほこり》の匂いが鼻につく。入学式の頃にはこの埃こそが由緒正しきマンモス大学の誉れなどと思っていたものだが、毎日通っていると、当然のようにそうした感覚は麻痺《まひ》していくものらしい。

自分の感情に蓋《ふた》をするのに慣れ過ぎた中年の主婦のような溜息《ためいき》をつきながら、一階ラウンジ内カフェ〈エイスケ〉のドアを開く。

入口付近のソファで眠っている出邑先輩の頭を指でピンと弾《はじ》き、彼が身を起こした隙を狙って隣に腰かけた。

珍しく〈屍体《したい》〉は彼だけのようだ。

「ミッキー先輩がいないなんて珍しいですね」

「んぁ……なんだ、オチョコちゃんか」

「ええ。『なんだ、オチョコ』で恐縮です」

出邑先輩は大あくびをひとつすると、辺りを見回してからパーラメントを口にくわえた。

「忙しいっぽいよ、アイツ」

「え？　い、忙しい……？」

天変地異の事態である。年中暇が身上のような男が何故多忙なのか？

「考えてみりゃ、夏休み前から時々コソコソといなくなってはいたんだけどさ、あれは――できたな、彼女」

「彼女、ですか……」

思い当たる節は――ないわけではなかった。

五月の戸恵戦のときのことだ。

昼間は講義もサボってここで寝ていることがほとんどの神酒島先輩が、目的を告げずに出かけた。それからも何度かそういうことがあった。

そして——夏休み以降は、その回数が増えている。たしかに、こんなとき考えられるのはバイトか女か、というのがグータラ男子学生の忙《いそが》し事情であろう。

夏合宿の〈元カノ騒動〉の記憶も新しいのに、今度は〈新カノ騒動〉では精神が休まらない。疑わしきは白。ここはひとつ心を大草原のように穏やかにして、事態を静観する必要がありそうだ。

「そう言えばオチョコちゃん、夏休み明けからずっと元気ないね。もしかして——神酒島と喧嘩《けんか》でもした？」

ソファからずり落ちそうになる。

「な……なんで喧嘩なんか」

「いや、神酒島が女作ったから」

「オホン、出邑先輩、どこの後輩が先輩に女ができたからって喧嘩したりするんですか？　それは人間の行動原理としてきわめて不自然ですね」

「そうかな」

「そうです」

私はそれ以上のやりとりを拒むべく、ウェイトレスに手を挙げ、珈琲《コーヒー》を頼んだ。このカフェの珈琲は紙でできているのではないかと疑うほどに薄っぺらで不味《まず》い。けれど、そんなところが私たち駄目学生にはちょうどいい。

ほどなく珈琲が運ばれてくる。一口飲んで、毎度のことながら顔をしかめてしまう。淹《い》れたてでないのはこの際よいとしても、持ってきた段階ですでにぬるいのはどういうシステムなのか。まあ場所代と思って諦《あきら》めるしかない。私は一息にそれを飲みほした。

「ご馳《ち》走《そう》様です！　授業行ってきます」

「うわーホット珈琲一気飲みした人初めて見たよ」

立ち上がりかけたとき——ブルーのジャケットを羽織った一団がドアのところへ現れた。胸に小さな満月をかたどった黄色いロゴが入っているのが目につく。

何の感情も宿さない殺人マシンのように、手と足の動きが見事に揃ったその集団を見ていると、バッドエンドの近未来映画でも始まりそうに思われた。

事実、彼らが持ち込んだのは九月の灰色の空よりも遥《はる》かに陰気な知らせだったのだ。

2

そのブルー・ジャケットは、ここ数日大学キャンパスのいたるところで目にしていた。来週末に迫った学園祭〈名月祭〉の実行部ユニフォームなのだ。当日は彼らがイベントをすべて統括することになる。わが〈スイ研〉は毎年〈酒博士バー〉なるボーイズバーをやって女子会員の確保を図っているらしい。実際、学園祭から正味一か月くらいは女子の部員が一時的に多くなるということだ。酒そのもののために酒を愛する本来の精神はどこへ行ったのやら。

しかし、じつはこの出店におけるアルコールの是非をめぐって、毎年この実行部とは丁々発矢のやり取りがあるらしい。

彼らがカフェに入ってきたとき、神酒島先輩がそんな話を以前していたことを思い出した。そして——すでに出邑先輩は臨戦態勢に入っていた。

「幹事長の神酒島はいないのか？」

先頭の眼鏡をかけた坊主頭の男が、きらりとレンズを光らせながら尋ねる。

「いないよ。忙しいんだよ、お前らと違って」

フッと眼鏡男は笑った。

「まんねん一年生のアイツが忙しいものか。まあ、仮に忙しいとしても、今年の〈名月祭〉はゆっくり休めるぞ。よかったな」

「どういう意味だよ、ウツボカズラ」

「宇津保《うつぼ》だ」坊主眼鏡リーダー氏は冷静に切り返す。

出邑先輩は眉間《みけん》に皺《しわ》を寄せ、立ち上がって彼らに一歩近づいた。とっさに出邑先輩の上着の裾《すそ》をつかんだ。

「出邑先輩、冷静に」

「はいはい」と出邑先輩は言いながら私にパーラメントの箱を手渡し、拳《こぶし》の骨を鳴らしはじめた。どうやら何もわかっていない。

喧嘩っ早いのは学生の常なれど、キャンパス内はちとまずい。まずくない場所があるわけではないけれど。

「すごむなよ、クズ学生クン」

「誰に言ってんだよ、どんぐり」

どんぐりと呼ばれて、宇津保は顔を真っ赤にした。だが、怒りをやり過ごすように目を閉じると、無理やり笑みを浮かべた。

「お前だよ。将来も見えず、かと言って現在を真面目に生きることもできない——クズじゃないか」

返す言葉もない。この〈スイ研〉にたむろする面々は、往々にしてクズ学生に違いなく、みな将来は不鮮明だ。私だって少しは真面目に講義に出ているとは言っても似たりよったりである。

「神酒島に伝えろ。学園祭実行部は、酔理研究会の出店を認めない方針を固めた、とね」

「何だと？　なんでお前らにそんな権限があるんだよ！」

「あるんだ。大学総長から直々に権限を認められている。というか、今回の決定はむしろ大学総長から出たものなんだ。悪いな」

彼らは、まるで見えない電波でも受信したように一斉にくるりと回れ右をして立ち去って行った。

出邑先輩が隣のテーブルを蹴飛《けと》ばした。私は慌てて倒れたテーブルを起こし、店の人に謝った。迷惑千万。こんなことでサークルごと出入り禁止になったらどうするのだ。ムッとしていると、奥のテーブルからしわがれた笑い声が聞こえてきた。

「相変わらず、ここの学生は元気じゃのう」

店の奥の席に座っていた老人は、読んでいた新聞を畳み、杖《つえ》をつきながらやってきた。目には色の濃いサングラス。口には葉巻がくわえられている。よれよれのスーツから察するに金持ちではなさそうだが、赤いスカーフが利いているせいか、小粋《こいき》な印象を受ける。

彼は葉巻を口に挟んだままで尋ねた。

「ところで、〈新岩隈会館〉がどこにあるか、君らご存じか?」

老人は、葉巻を口から外し、ふぁーと白い息を吐き出した。

それは、まるで不穏な十月の幕開けを予感させる蒸気船の煙のようだった。その煙には、微《かす》かにバッカスの香りが混じっていた。

3

〈新岩隈会館〉が〈旧岩隈会館〉の向かいに新設されたのは昨年のことらしい。ここに校友会事務局や大学総長室など、大学の中枢機関が集約されている。いわば、大学内の内閣府といった位置付けである。

〈新岩隈会館〉が創設されたことに伴い、現在〈旧岩隈会館〉は〈新学生会館〉へと改築が進められている。完成すると、そこに現在の大学図書館裏手の古びたアジール〈第一、第二学生会館〉の中にある百あまりのサークルの溜《た》まり場が移設され、〈新岩隈会館〉の監視下に置かれることになる。

「何やら、総長の狙いが見えるようじゃのう」

老人はバッカスの香りを漂わせながら、楽しそうにふぉっふぉっふぉと笑い声をあげた。奥谷《おくたに》総長は昨年就任したばかりだが、早くも大学内の膿《う》みを出し切るとでもいうように一大清掃に乗り出していると聞く。〈新学生会館〉ができると、旧〈第一〉、〈第二〉はそれぞれ取り壊されるため、現在一部のサークルではデモ活動も為《な》されていた。〈名月祭〉ではそうした連中の活動が過激になることがすでに警戒され、早々に「名月祭における政治的思想的活動行為の禁止」のお触書がいたる所に貼られている。

「総長の狙いって何ですか？」

どこの何者かは知らねども、この訳知り調は大学ＯＢに違いない。

「総長の膝元《ひざもと》にサークルを掌握して、よからぬ集団には活動場自体を与えない。そういう取捨選択をこれからやるつもりなんじゃろう」

なるほど。学生会館がきれいになるのを喜んでいる場合ではないわけだ。そういえば、〈新学生会館〉完成間近の報を受けて一年男子が神酒島先輩に「うちのサークルも溜まり場申請しないんですか」と尋ねたとき、神酒島先輩は「そんなことしたら大学につぶされる」とか何とか言っていたのを思い出す。どうやら、目には見えない社会の縮図のようなものが大学の中にも存在するようだ。

岩隈講堂の前を過ぎ、岩隈庭園の脇を通り抜けて〈新岩隈会館〉まで案内すると、老人は「ありがとう、ねえちゃん」と言った。

それから、おもむろに名刺を取り出した。

「困ったことがあったらいつでも呼んでくれりんこ」

「は、はあ……どうも」

名刺には「株式会社利休流《りきゅうる》　代表取締役　笹下真一《ささしたしんいち》」とある。〈利休流〉と言ったら、知る人ぞ知る一流企業だ。人は見かけで判断してはならないものだな、と私は肝に銘じた。

笹下氏は朗らかに言った。

「訓戒を授けよう、『学生よ、大酒を喰《く》らえ』」

「……はい、喰らっております」

ふぉっふぉっふぉと笑いながら彼が立ち去ると、そこにバッカスの香りだけが残された。朝っぱらから飲んでいたのだろうか？

ともあれ案内の任は果たした。

帰ろうとしたそのとき、岩隈庭園内を〈新岩隈会館〉へ向かって歩く男女の姿を視界の片隅に捉《とら》えた。その対象を見極めるよりも先に、よく知っている男の声が耳に飛び込んできた。

「キスは大丈夫？」

わが耳を疑っていると、女の声が明るい調子で応じた。

「うん、全然平気」

「あ、そう。ならよかった」

全然よくない。

私はその二人を視界の中央に据えた。女は金髪で赤いタンクトップにデニム地のミニスカートという軽装。

男は――神酒島先輩だった。

私は、庭園の真ん中に生えた楠《くすのき》の木の下で立ちすくみ、茫然《ぼうぜん》とした表情で遠ざかる二人の後ろ姿を見守っていた。

風が吹き抜ける。

冷たい、秋の匂いをわずかに含んだ風。

芝生に寝転んで戯れる学生たちの笑い声も、今はどこか遠い異国の言語のように響く。

右手に見える岩隈講堂から、昼の十二時の鐘が聞こえる。

その時計の針の上に――一羽の大きな鴉《からす》が留まっていた。

ミステリ脳全開の頃なら、わお大鴉などと思って写メールの一枚も撮ったかもしれない。しかし、残念無念謹賀新年。この六か月あまり、ミステリを読む時間を宴会に費やしてきた身にはそんな反射神経はなかった。

私はただ、二人の姿が〈新岩隈会館〉の裏手に消えるまで棒立ちになっていた。誰かが私を岩隈銅像の妹か何かと勘違いしたとしても、一向に不思議はないほどに。

雨が——鼻先に当たった。

学生たちは雨だ雨だと騒ぎながら岩隈講堂へと避難していく。撮影会をしていたらしい例のブルー・ジャケットを着た二人の男子学生が脚立を片づけて走ってゆくのに肩をぶつけられたが、その時は腹を立てるどころではなかった。

私の身体は、完全に時間の外に取り残されてしまったのだ。

ミッキー先輩——と心のなかで呼びかけた。

〈キスは大丈夫?〉って、どういう意味ですか?

声を伴わぬ問いかけは、降り出した激しい雨音にかき消されてしまった。

正気を取り戻したのは、雨で体温が奪われてからのことだ。

4

「どう考えてもお前たちクズ学生だろうが、犯人は!」

土日を挟んだ翌月曜の昼間、西部劇の酒場のような罵声《ばせい》が、カフェ〈エイスケ〉内に響き渡っていた。

例によって例のごとく二日酔いの〈スイ研〉の面々はその叫び声でようやくのらくらと起き上がった。

前夜、突如神酒島先輩から結集のコールがかかったのだ。

――いま何時だと思ってるんですか。

私は真夜中の迷惑電話を即刻切ろうとしたのだが、神酒島先輩はこちらの機嫌などおかまいなしに続けた。

――〈スイ研〉の存続がかかった大事な話し合いだ。すぐに来い。

人を人とも思わぬ傍若無人な呼び出しだが、サークルの一大事とあっては行かぬわけにはいかない。

到着した居酒屋〈けめこ〉には、すでに山と屍体《したい》が積まれていた。しめやかに飲んでいるのは大山先輩と神酒島先輩の二人だけ。

――話というのはほかでもない。〈酒博士バー〉の出店のことだ。

――ああ、あの件ですか。

――今から偽のサークルを作って申請しても、出店の認可は下りそうにない。

――まあ、そうでしょうね。

――そこでだ、我々はとあるサークルを乗っ取ることにした。

――え……えええ！

──そのためにはお前の力が要る。

嫌な予感がしたのは言うまでもない。そしてその嫌な予感が当たってしまうのもいつも通り。

神酒島先輩の計画とは、早い話が推理研究会の出店を乗っ取ってしまおうというものだ。推理研究会は毎年恒例、〈第二学生会館〉の一階ラウンジで〈ミステリ・カフェ〉なるものを運営しているらしい。話を聞けば、〈酒博士バー〉の趣向とよく似ていて、推理小説に関する蘊蓄《うんちく》を聞かせながら珈琲《コーヒー》やら紅茶やらを飲ませるというもの、とのこと。「それに、何よりサークルの略称の音が同じだというのは、こじつけがしやすい」と神酒島先輩。

──お前、来週一週間推理研究会に入って、前日に全員つぶせよ。

──え……無理です、無理！

──あとはこっちで何とかする。

──何とかって……。

話は決まり、とばかりに神酒島先輩と大山先輩は無関係な日本映画の話なんかを始めてしまう。私は先週から神酒島先輩に聞きたかったことも結局聞けぬまま徹夜に付き合わされ、そのままカフェ〈エイスケ〉になだれ込んだのだ。

そんなわけだから、この日の午前中の〈スイ研〉にまともに話のできる人間は皆無だった。かく言う私も睡眠不足には滅法弱くて、ソファで眼鏡をかけたまま眠っていたほどなのだから。これでは〈睡理研究会〉である。

私は夢うつつの状態でその怒声を聞いていた。そして、ぼんやりと開いた眼で、ブルー・ジャケット団の宇津保氏が立っているのを認めた。その顔は明らかに冷静さを欠いていた。

「おい、神酒島、起きろ！」

「ん？　ああ？」無理やり揺り起こされて、神酒島先輩はソファからようやく半身を起こし、宇津保氏を見た。

「何だ、宇津保か。久しぶりだな。どうした、元気がいいじゃないか」

宇津保氏は、その暢気《のんき》な反応にさらに怒りを募らせた。それもそのはず、恐らく彼はしばらく眠っている神酒島先輩に話し続けていたのだろうから。神酒島先輩はたまに眠っているのにうっすら目を開けていることがあるのだ。

「貴様！　もう一回言わせる気か！」

「おお、頼む」

元気よく答えてはいけないところです、と忠言したいが、緊迫した状況なだけにこちらは黙って見守るしかない。

「お前たちだろ？〈名月祭〉のチラシ三万部を盗み出したの」

「三万部？　カラー印刷か？」

「当たり前だ。サイズはＡ４。毎年恒例、岩隈講堂を撮影したものだ。鴉に吹き出しで

〈飛翔《ひしょう》せよ〉って喋《しゃべ》らせている傑作ポスターだったのに！」

私も浪人時代は岩隈講堂を背景にした〈名月祭〉のポスターを入手し、それを拝んで勉学に励んだものだ。

しばらく考えるようにしていた神酒島先輩だったが、やがて、「ああ、撮影してるところなら見たぞ」と答えた。

「そんなことは聞いていない。盗んだかと聞いているんだ」

神酒島先輩は目の前のグラスの水を飲みながら、「ていうか、お前ら金持ちなんだな。チラシ三万部ってすごいよ」と無関係なことに感動を示した。

「大学から金が出るんだ」と苛立《いらだ》ちながら宇津保氏。

「そんな金があるならもっと学費下げりゃいいんだよ」

もっともな話だが宇津保氏がしたいのはそんな話ではないだろう。

「うちの広報部の二人は昨日の夕方、印刷屋に頼んで、チラシを第二学生会館の部室まで運び込んでもらった後、鍵《かぎ》をかけて帰ったと言っている」

「つまり――密室から三万部のチラシが消えた、と？」

「それだけじゃない。作成データ自体がパソコン上から消えていたんだ」

「そりゃあ、ずいぶん念が入ってるな」

「ああ、お前たちがな」

「悪いな。俺たちは昨夜《ゆうべ》ずっと飲んでた」

「アリバイにならないな」

「領収書も発行できるぞ、たぶんだけど」

〈けめこ〉なら領収書なんかいかようにでもなるだろう。ただし、けめさん自身も昨夜はしたたかに酔っていた。やはりアリバイにはなるまい。

「ほかに実行部で出入りした奴は本当にいないのか？」と神酒島先輩。

「いない。お前らしかいないよ。その証拠に、べつのフロアにある貸倉庫に保管していた打ち上げ用のビールケースが二ケース足りないんだ」

「それとどういう関係があるんだ？」

「チラシを盗んだ後、それでも気が収まらずにビールを二ケース飲み散らかして帰ったんだろう。現場には大量のビールの缶が落ちていた。いま酔ってるのがいい証拠だ」

「だから違うって。俺たちはお前のデビュー場所〈けめこ〉で飲んでたんだ」

デビュー場所？　どういう意味だろう？

私が訝《いぶか》っていると、みるみる宇津保氏の顔が赤から真っ赤に変わっていく。まるで、深まる秋の紅葉だ。

「どうしても認めないと言うのか？」

「ああ。第一、理由がない」

「出店を許されなかった腹いせだろうが！」

「俺たちは店を出せないくらいでそこまで陰険なことはしないぞ」

「誰が信じるか！」

宇津保氏が神酒島先輩の襟首をつかんだ。

神酒島先輩は――海の底のような目で、宇津保氏を見つめながら不敵な笑みを浮かべた。

「やってみろよ。〈学園祭実行部の暴力沙汰《ざた》で名月祭開催中止〉、面白い記事になりそうだな？　広告費無駄になっちゃったからそのほうが都合いいのか？」

宇津保氏は――舌打ちをして手を離すと、

「そのうち溜《た》まり場も没収してやる！」

そう叫んで店から出て行った。背後に影のように寄り添っていたブルー・ジャケット精鋭隊は回れ右をして彼の後をついていった。

5

「アイツ、一年の四月は〈スイ研〉にいたんだぜ」

そんな意外な新事実を神酒島先輩が口にしたのは、昼近くになってからのことだった。

「え……そうなんですか？」

「それも――証子が目当てでな」

「う……嘘……」

「ところが、飲み過ぎて飲み屋でまさかの寝小便を垂れ、翌朝証子に大爆笑され、ショックでやめた」

哀れすぎる。かのブルー・ジャケットの連合隊長に然様《さよう》な忌まわしき過去があろうとは。しかも証子先輩がタイプだとは。

いや、証子先輩を否定するわけでは決してない。器量だって平凡地味地味の私に比べれば、ずっと男性受けが良いのは確かであるのだけれど、三鳥先輩と日々繰り広げる痴《ち》話喧嘩《わげんか》の数々を目撃しているために、その彼女が別の男子から一目惚《ぼ》れの対象となっているのが何とはなしにおかしかっただけのこと。

「あれ以来、酒を飲ませた俺を逆恨みしてるってわけ」

「なるほど……」

「しかし——今回のアイツはやけにねちっこいな。そうか、奴もいよいよ来年には就職活動に卒論にと忙しいから、復讐《ふくしゅう》の総決算にかかろうってんだな」

「デパートの年末セールじゃないんですから。でも、好きな人の前でかっこ悪いところ見せちゃったのは確かに怨恨《えんこん》残りますよねえ」

「恥を魅力にすり替える技を知らんアイツの問題だ」

「え……」

神酒島先輩はまたまた持論を振りかざす。

「普通に堂々と言えばいいんだよ。『トイレ行くの面倒くさいから漏らしちまったぜ』

とか」

「言えませんよ、普通」

「かぐや姫を見習えばいい」

「かぐや姫を？」

またまた突飛なことを言い出す。

「彼女、月の罪人だろ？　最後には地球人にもその事実を知らされて終わる。でも、現代にいたるまで誰も彼女を罪人呼ばわりしたりはしない」

「それは——彼女が美人だったからで……」

「顔なんか関係ない。罪人らしからぬ態度で男たちを振り回したから結果的に美人だと記憶されてるだけだ。人間は態度でいくらでもマイナスをプラスに変えられるんだよ。そういうのって、学生時代にやらずしてどうするって思うけどね」

「なるほど。自己改革のためにミッキー先輩は二回も留年を」

「俺の場合は——違うよ。足踏みしてるだけだ」

神酒島先輩は何となく分が悪いと思ったか、単に面倒くさくなったのか、「んなことより、三万部もの広告が一晩で消えた、というのは妙だな」と強引に突如話題を変えた。

「紙の質にもよるが、Ａ４サイズで三万部ともなれば、重さは約一五〇キロ程度はあるだろう。力士を担ぐようなもんだ」

「それだけの量のチラシが、一晩のうちに消えた、と」

「鍵のかかった部室からな。奇妙だ」

「そうですね。その、広報の男子学生二人が鍵をかけたというのが本当なら、完全犯罪を目論《もくろ》んだことになります。ミステリマニアの血が騒ぎますね、ドキドキ」

「『ドキドキ』って口に出して言うか、ふつう」

それから神酒島先輩は、いい加減な調子で「まあいいや」と言いながら欠伸《あくび》をした。

「アイツらの問題に俺たちが頭を悩ますことはない」

それからふと私の顔を見る。

「な、何ですか……」

「お前、化粧してる？」

「私だってたまには化粧くらい……。っていうか、気づくの遅いです、昨夜からしてるんですから」

神酒島先輩がこちらに顔を寄せる。

「ふうん──お前、芸能界にいたくせに全然化粧馴《な》れしてないな。白く塗りすぎだよ」

「な……」

神酒島先輩は深いダメージを与えておきながら、平然と話題を変えた。

「それより、今日からさっそく潜入頼んだぞ」

「……あの話、本気だったんですね」

「ああ。よかったじゃないか。念願かなって推理研究会に入会できるんだ。感謝しろよ」

「やったー、わーい」

「目が死んでるな」

当たり前である。こんなテロリストみたいな真似をさせられて、もはや自分が何者なのかすら曖昧《あいまい》になってくる。

「ま、嫌ならやんなくたっていいんだぜ。義務だとか指令だとか、そんなつまらないこと考えるな」

「……そうなんですか?」

「大事なのは、楽しめるかどうか、だ。楽しめよ。〈名月祭〉って、もともと中秋の名月を愛《め》でるところから始まったんだ。うちの大学、意外と風流だろ?」

「中秋の名月って……たしか八月なんじゃ……」

「旧暦だと、そうだな。新暦になってからは九月だったり十月だったり、ようはその周辺さ。うちの学園祭は十月最初の週と決まってる。たとえ中秋の名月を過ぎていようが、月が出てなかろうが、ない月を楽しむくらい馬鹿学生たちにはわけないだろ?」

「はあ」

「だからまあ――楽しめ。〈名月祭〉に向けて俺たちがするべき準備は、それだけだよ」

納得がいったようないかないような宙ぶらりんな気持ちで、私は頷《うなず》いた。結局、講義に出る時間が近づき、聞きたいことを何も聞けないうちに、私は〈エイスケ〉を去る羽目になった。

そしてそれから週末まで、私は推理研究会の会員として過ごすことになり、〈スイ研〉メンバーとは顔を合わせすらしなかったのだ。

成り行きとはいえ——妙なことになった。

6

——テロってのは酒樽《さかだる》に浸《つ》かって酒を堪能《たんのう》するのと似てる。そう考えると、少しワクワクするだろ？

神酒島先輩が最後に私に残した言葉である。

この言葉を信じて、私は推理研究会に身を投じた。眼鏡を外して大量のマスカラを施し、いつも下ろしているだけの髪をほんの少し丁寧にまとめ上げるというちぐはぐな変装を試みながら。

推理研究会の人々は〈スイ研〉のメンバーとは何から何まで違っていた。これが同じ大学生かと思うほど、彼らは理路整然としている。もちろんダメ学生もいるにはいる。人間的にどうかという輩《やから》もいる。しかし、それでも限度を心得ていて、「ノックスの十戒をいちばん早口で言えた人の勝ち」みたいな愚かしい賭《か》け事こそまかり通っていても、決して昼間っからゾンビのごとき歩き方を披露したりはしないのである。

これというのも、〈推〉と〈酔〉の字の違いであるかと考えると、私はため息ばかりか涙さえも出てくるほどだった。四月にきちんと推理研究会に所属していれば、かくもロジックに耽溺《たんでき》する人々と夜ごと語らうことができたわけだから。

「えっとその千代子《ちよこ》ちゃんは、ジャプリゾとかは読んだのかな？」

千代子というのが私の、このサークルにおける通り名である。目を泳がせながら問いかけてきたのは、幹事長の梨木《なしき》さんだ。

「『長い日曜日』なら読みましたけど。歴史もの、いいですよね」

「え……そ、そっち？　いや、ふつう『シンデレラの罠《わな》』を……」

ミステリにわずかに疎いふりをしているために、若干の嘘を交えるが、嘘が下手なために不可解な奴というイメージを与えてしまったりする。素直に『シンデレラの罠』は読んでいます、もちろんです、と言えばよかったものを。

変わってる変わってる、と嬉《うれ》しそうに梨木さん。顔立ちがやけにシャープでインテリ臭がする。「モテ」のロジックからして、サークルごとに大きく異なるのか、このサークルでは梨木さんは「いい男」という立ち位置らしかった。

ところで、自慢話のようだが、この御仁をはじめ、何人かの先輩方に、どうやら私は好かれていた。気づかぬふりをしたいのだけれど、好意が露骨すぎてそれさえ許されない。

そんななか、私に深刻な症状が現れた。ミステリが好きであることに自信が持てなくなったのだ。私にとってミステリは水であって、他人と語らったり、善し悪《あ》しをつき合ったりする代物ではない。まずい水であれば吐き出すし、うまい水は常用する。ただそれだけのことで、そもそも他人と共有することに興味がない人間が何を間違って入学当初推理研究会なんぞに入ろうとしていたのかわからなくなってきていた。

然《しか》るに私が出した結論は、私という人間は入るべくして〈スイ研〉に入ったということだった。自分の好きな水の種類くらい知っているし、他人にほかの水を薦められたいとも思わない。

そんなわけで――私は入会四日目にして蕁麻疹《じんましん》を患い、大学自体を休むことになった。

そうして寮のベッドで眠っていると、幹事長の梨木さんから電話があった。

「千代子ちゃん、身体大丈夫？」

「大丈夫ですよ、ちょっと痒《かゆ》いだけで」

「それならよかった。明日《あした》やる〈名月祭〉のプレ飲み会なんだけど、無理しないでね。当日来てもらえればいいから」

冗談ではない。何のために私がこのサークルに在籍していると思っているのだ。

「いいえ、行きます。是が非でも行きます」

「あ、そう。それじゃ、セイヤーズの『学寮祭の夜』の読書会も兼ねてるから、読んできてくれると……」

「了解です」

電話を切ったが、他人があの名作にどうこう言う姿を明日の晩に見届けねばならないことを思うと憂鬱《ゆううつ》になった。貶《けな》されても褒められても許せない。私は自分の好きなものについては心が狭いのだ。

こうなったら、速攻で酔い潰《つぶ》すしかあるまい。

彼らを如何様《いかよう》に攻め滅ぼすかは神酒島先輩より一任されていた。いまの電話で腹づもりは決まった。早期決着。読書会が盛り上がるより前に粉砕してセイヤーズ女史を守るのみ。

ぐふぐふとベッドのなかでほくそ笑んでいると、神酒島先輩から連絡があった。

「オチョコ、元気か？」

「ちょっとブツブツしてますが元気です」

「そうか。ニキビ？」

「蕁麻疹ですよ」

高校生でもないのにニキビなどできるものか。

「あのさ、もしかしたらだけど、最近、どこかで俺を見た？」

「……何のことですか？」

「いや、もしかしたら、と思っただけ。違うならいいんだ」

それから神酒島先輩は今後の計画について簡単に語り、電話を切った。

静寂が帰ってくる。

あの日、神酒島先輩を見ていたことが、バレたのだろうか？

しかし――なぜバレたのだろう？

あれこれ考えるには、夜は長すぎて、結局私は睡魔に身を委《ゆだ》ねた。そして朝の六時――タキシードを着たピーター・ウィムジー卿《きょう》の後ろ姿に声をかけたら神酒島先輩だった、というごくありふれた非現実的な夢を見て目が覚めた。

まだ青い朝日をカーテンの向こうに感じながら、「さあやるぞ」と呟《つぶや》いた。ついに決戦の日が来たのだ。

7

「しかし――本当に見事に全員やっつけるとはね」

「だってそうしろって言ったじゃないですか」

ふふ、とタキシード姿で神酒島先輩は笑った。これは夢の話ではない。神酒島先輩は、実際にタキシード姿で、ほぼ一週間ぶりに海の底のような目を私に向けていた。

「言ったろ？　あくまでレクリエーションなんだ。お前が楽しめばそれでいい。それなのに――存外な修羅がここにいた、と」

今日は十月の最初の土曜日。つまり〈名月祭〉の初日である。

時間は朝の八時。〈第二学生会館〉の一階ラウンジには、私と神酒島先輩のほかには誰もいない。

「〈獺祭《だっさい》〉で粉砕、これ、駄洒落《だじゃれ》じゃないですから」

山口県が生んだ名酒〈獺祭〉は、私が推理研究会を酔い潰すのに最適と考えて選んだ酒だった。

「ほう、〈獺祭〉とは、なかなかいい酒でもてなしたじゃないか」

「礼節をもって制す、です」

さんざん酔っぱらわせた連中を〈けめこ〉へと誘導し、あとはへべれけの彼らに神酒島先輩たちがとどめを刺した。けめさんが店じまいを我々に任せて帰ってしまうと、神酒島先輩は外側から鍵《かぎ》をかけ、さらにドアの外に釘《くぎ》を打ち付けた。

これで夜にけめさんが店にやってくるまで彼らは高田馬場の地下から出てくることはできなくなった。もっとも、どのみち彼らは夕方まで起き上がれないだろうけれど。

「『獺祭』には、獺《かわうそ》が岸に捕った魚を並べる祭りという意味のほかに、文献を足元に並べ広げるという意味もある。まさに今回の酔い潰しは、お前が考えた〈読書会のためのレクイエム〉だったわけだ」

「ノーコメントで」

「何がお前をそこまで本気にさせたんだ?」

「セイヤーズです」

「なんだ、その掛け声集団みたいなネーミング」

「ミッキー先輩、場所によっては晒《さら》し首の刑ですよ、今の発言」

「あ、そう」

神酒島先輩はぼんやりとした表情でラウンジを眺めた。〈ミステリ・カフェ〉の準備は万端整えられている。

「このセット、そのまま使えそうだな」

「ですね」

などと言っているど、〈スイ研〉の面子《メンツ》がようやく集まってきた。全員何食わぬ顔で自分たちのものではない溜《た》まり場を占拠しているのだから図々《ずうずう》しいことこの上ない。

挙げ句にここでお商売まで開こうと言うのだから。

まあ、本日は男子諸氏に活躍してもらうことにして、私は裏方に徹しよう、と思っていると――。

「……な、何ですか、このコスチュームは」

私の前にずんと突き出されたるは、どこからどう見ても男性用のタキシードだった。

「お前、男装似合うと思うぞ」

「な……」

反論しかけたが、悲しいかなこの六か月ほどで、それが時間の無駄であることを学んでしまっている。十分後、なぜだか私は〈スイ研〉の男子諸氏に紛れてタキシード姿になっていた。

「似合うわよ、オチョコちゃん、うぷぷ」と証子先輩。

「いや……最後の『うぷぷ』しか信じませんよ、私は」

と、そんなやり取りをするうちに氾濫《はんらん》した川の鮒《ふな》のごとく大量の客がどっと押し寄せてくる。

「ようこそ、〈スイ研ミステリな酒博士バー〉へ」

もともとあった看板を無理やり変更したために、奇妙奇天烈《きてれつ》なネーミングであるが、客のほうはそれがかえって興味をそそられるのか、どこの女子大生かわからぬ連中がキャッキャと騒いでいる。挙げ句私を男子と間違えて色目まで使う始末。

ええい、ままよ、こうなったらへべれけに酔わせてくれる。

私はおもてなしを開始した。酒の薀蓄《うんちく》ならば酒蔵の娘にお任せあれ。腐っても元子役。衣装まで揃えられたら、それなりに役になりきれるのだ。

アルコールと薀蓄を大量消費する女子たちを相手に、我らタキシード集団はひたすらしゃべり続け、午後も近づいた頃には一人残らず酸欠状態になっていた。

そのうち、このままではやってられぬ、と誰かが言いだしてお客に出すはずの酒を次々空けてゆく。これは危険と思ったら案の定で、午後に入ると薀蓄の論理が奇妙に捻《ね》じ曲がり始めた。

たとえば、出邑先輩の説明はこんな具合だ。

「この〈夢想仙楽〉なる酒は、中国に住む仙人がうちのポストに届けてくれた酒なの。

それでうちのポストが、あんまり美味《おい》しそうな酒だからって飲んじゃったもんだから、いまだにうちのポストは真っ赤。こうして〈夢想仙楽〉は日本にやってまいりました、とさ」

聞いている女の子も最初のうちこそ熱心に相槌《あいづち》を打っていたけれど、後半からは半笑いで、最後には目に怒りを宿しておられる。そんなことがそこかしこで繰り広げられていて、もはや魑魅魍魎《ちみもうりょう》。救われるのは、用意したのが普段は滅多に飲めぬ高級酒で、客も奇妙な薀蓄と相俟《あいま》ってほんの数滴でほろ酔いになっていったことだ。何が楽しいのか陽気な客が増え、いつの間にやらパーティー騒ぎに突入した。

「何事だ！」

そんな場を一喝したのは、言うまでもない、ブルー・ジャケットの一団。対するはぐへへと笑う〈スィ研〉タキシード集団。

敵陣の先頭はもちろん宇津保氏。こちらは、神酒島先輩。

「よう、寝小便」

そのカウンターパンチで、宇津保氏は怒髪天を衝《つ》きすぎてこめかみの血管を浮き立たせ、声を震わせた。

「この学園祭では、最後の打ち上げ以外アルコールは禁止している！」

「知ってるよ、寝小便」

「語尾に変なのつけるのやめろ。大体、ここはお前たちの溜まり場では……」

「俺たち推理研究会に入り直したんだよ。ここはほら当初の予定通り〈ミステリ・カフェ〉だぜ？　寝小便」

神酒島先輩はそう言って看板を指さした。

「だから語尾をやめろって！　なぜ〈カフェ〉の字が消されて〈バー〉になってる？なぜ〈酒博士〉って横から付け足されてるんだ？」

「あれは誰かの落書きだよ、寝小便」

きわめて苦しい言い訳である。

「じゃあ、さっきから飲んでいる透明の液体は何だ！」

「水に決まっているだろう、寝小便」

ブルー・ジャケット後続部隊の間に、一人噴き出す者あり。つられてまた一人クスリ、クスリ、と続くうち、気がつけば部隊は自滅の危機を迎えている。徐々に「寝小便」のジャブが効いてきた模様。おのれ身内と恨み顔の宇津保氏は、それでもなんとかもとのように胸を張ると、フン、と鼻を鳴らした。

「どれ、匂いを嗅《か》がせてみろ」

「いいよ」

平然と答えて、神酒島先輩が持ってきたのは〈夢想仙楽〉。匂いを嗅いで宇津保氏いわく。

「言い訳できないいな。これはシェリー酒の匂いだ」

残念。惜しいけれど外れである。〈夢想仙楽〉は大麦焼酎《しょうちゅう》をシェリー樽《たる》に漬けたものなのだ。だが、惜しいですよ、にいさんなんて今言うわけにはいかない。

「なあ、寝小便、知ってるか？　嗅覚《きゅうかく》なんてものは何の証明にもならない。匂いつきの水だってあるんだからな」

神酒島先輩はとことん惚《とぼ》ける作戦らしい。

「アルコール臭のする水なんかない！」

「お前が知らないだけかもしれないだろうが。何なら、一口飲んでみたらどうだ？」

宇津保氏は神酒島先輩を睨《にら》みつけたまま、グラスを口に運ぼうとした。すると、神酒島先輩が言った。

「ただし、学園祭の開催期間中に実行部たるものがアルコールを摂取したことになるけどな」

その言葉で、宇津保氏の手が止まった。

固まっていると、突然、舞台裏で眠っていた証子先輩が現れた。

「あら？　えーと、あなたは……宇津保クン、じゃない？」

その瞬間――。

宇津保氏から怒りの表情が消え、見る間に顔が桜色に染まっていった。

「しょしょしょしょしょうこさん……お、おひさしぶり」

ロボットのようなしゃべり方になる。

証子先輩はそれを見てウフフと微笑みながら言った。

「もうしなくなった？　おねしょ」

嗚呼《ああ》……。

証子先輩、それはいけません。

宇津保氏が、再びもとの怒りの帝国へと戻っていく。最低だ。せっかくの最後の切り札〈想い人・証子〉をこんな無駄に使ってしまうなんて。だから〈スイ研〉の人たちはダメなのだ、と私は思いつつ、ただ棒立ちになって事態を見守っていた。

「大学総長に伝える！」

その号令でブルー・ジャケットの一団が回れ右をしたとき——。

「お主ら、その必要はないぞ」

低い声が、空気を響かせた。

現れたのは、ナマズの大将のごとき大柄の老紳士だった。

この御仁は——。

「奥谷総長！」とブルー・ジャケット団は最敬礼をした。

終わった。

私は心のなかで、静かに唱えた。

さらば——短き学生生活よ、と。

8

奥谷総長は一口ゆっくりと〈夢想仙楽〉を口に含むと、それをしばらく舌の上で転がしたうえでグラスにペッと吐き出した。

「若いくせにいい酒を飲んでおるな」

「質の良い酒は質の良い学生を育てるって、戸山大学の創始者も言ってませんでしたっけ？」と神酒島先輩。

「言っておらぬぞ」

冗談の通じる相手ではない。だが、神酒島先輩の減らず口は相手も場所も選ばない。

「言ってましたよ、昨日、俺の夢のなかで」

「……お主らは何故に禁止されているアルコールを持ち込んだのであるか、答えよ」

奥谷総長は神酒島先輩に迫った。

先輩は、頭をポリポリと掻《か》きながら答えた。

「好奇心……あるいは、向学心？」

奥谷総長はグラスをテーブルに置いた。

「このサークルの幹事長は貴様か？」

「そうとも言えるし、そうでないとも言える」

〈スィ研〉という意味ではイエス、〈推研〉という意味ならノーということだろう。

「お主ら、〈推研〉じゃなくて〈スィ研〉の者だな？」

しかもバレた。万事休す。

「お主、学生証を出せ。もう必要ない。ほかの連中は許してやるから今すぐここを立ち去るがよい」

有無を言わさぬ調子で奥谷総長はそう言い放った。


「ちょっと待ってください！　さ、サークル幹事長は、私です！」


嗚呼——口は禍《わざわい》の元。

気がついたときにはいつも私を大変な状況に追い込んでいるこの口と付き合い始めて、はや二十年。今日ほど我が口を呪ったことはない。

「ほお。これはこれは。美少年かと思ったが、よくよく見れば女子ではないか。それに——幹事長にしてはずいぶん若い」

奥谷総長は私にナマズフェイスを寄せる。

「恋する乙女が、殿方のために命を差し出すか」

「いや、それとは少し違う気が……」

言いかけたが、その発言は奥谷総長の高笑いにかき消された。

「いいだろう。ではお主の学生証を差し出せ」

私はしぶしぶポケットに手を入れた。

ところが——そこで声がかかった。

「はい、そこまで」

パチン、と手を叩《たた》く音がする。やってきたのは、笹下氏だった。

「奥ちゃん、もうよかろう？　お前さんが〈スイ研〉を忌み嫌う気持ちはよーく——わかりんこ」

「お主は……真一……」

ふぉっふぉっふぉ、と笹下氏は笑った。

「先週来たときは留守だったようでなあ。しょうがないから、今日もう一回来たってわけよ」

「……何の用ぞ！」

憤る奥谷総長に、まあまあと肩を叩きながら笹下氏は言った。

「そう言えばな、この間、ナホが言ってたよ、奥ちゃん元気にやってるかなあって」

「……」

どうやら、ナホというのが、共通の知り合いのようだ。

「奥ちゃん」という呼び名から察するに、二人は古い知り合いだろう。恐らくは、大学時代の学友。

「『男としては見られないが、優しいところが素敵だった』とさ。『今の奥ちゃんはどうしてるんだろう』って話題になったから、見てきてやろうと、こうして母校に出向いたのよ」

「暇人だな、相変わらず」

「社長業なんざぁ東京をぶらぶらするのが仕事みたいなもんよ。それより、ナホは——もってあと半年じゃよ」

「……！」

奥谷総長の顔が蒼《あお》ざめた。

それまでの威厳がどこかに吹き飛び、恋する青年の面影が現れる。

奥谷総長は——一度置いた〈夢想仙楽〉をぐいと飲みほした。

気のせいか、若返っている。

酒の魔力に憑《つ》かれでもしたかのようだ。

「病気か？」

「ああ。だから、俺はこの半年間は、彼女が知りたいことを調べて届ける使いっ走りよ。ナホの出身サークルを潰《つぶ》そうとする嫌な大学総長になっていたなんて、俺に報告させる気じゃあるまいな？」

出身サークル？

その言葉に——奥谷総長はグラスを置いて笹下氏に駆け寄った。

「頼む、一度だけ彼女に面会させてもらえぬか？」

「アイツが望むかわからんが、まあ聞くだけ聞いてみるさ。とりあえず、久々に会ったんだ。一杯やらんかね？」

何が起こっているのかもわからず、我々はただただことの次第を見守り続けた。

やがて、奥谷総長は大きく頷《うなず》くと、背後に控えたブルー・ジャケット団に向かって言った。

「宇津保クン、もう引き揚げなさい」

「し、しかし、こいつらを……」

「〈名月祭〉は、本来秋の夜に学生たちが月を愛《め》でつつ盛り上がるべき祭り。当然、アルコール持ち込み大歓迎ぞ！」

「え……！」

「大体、お主、打ち上げだけアルコール解禁なんぞ中途半端すぎると思わぬか？」

「いや……それは総長が……」

「何ぞ言ったか？」

「いえ……」

「とにかく、撤収せよ！」

「は、はい！」

世界は、私の手の届かぬところで、時に急速なスピンがかかる。

ブルー・ジャケットの一団が立ち去ったのを見届けてから、笹下氏は私にウィンクをし、奥谷総長と肩を組んで去っていった。

「そろそろ俺たちもデッドリミットが近づいているな。〈推研〉の連中が目を覚ます頃だろう」

時間は、午後の三時。

「あと一時間稼いだら撤収してどこかで飲み直そう。さあひと踏ん張りだ！」

おう！　と掛け声がかかると、タキシードの〈スイ研〉メンバーは再び接客業に精を出し始めた。

私は、へなへなとその場に座り込んだ。

神酒島先輩が、そんな私の肩に手を置いた。

「無茶をしたな？」

「……」

言い返そうとしたのに、出てきたのは言葉ではなくて、涙だった。私は、わけもわからず子どもみたいに泣き続けた。

9

間一髪。〈けめこ〉に幽閉されていた推理研究会の面々が血相を変えてやってくるのと、我々が店を畳んで撤収するのは、まさにタッチの差だった。

立つ鳥跡を濁しまくりな情けない先輩方に代わって後始末をしていたため、最後に飛び立つ羽目になった私は、真っ先に現れた梨木先輩と鉢合わせることになった。

しかし——男装が功を奏したものか、眼鏡をかけていたことが幸いしたものか、目が合ったにもかかわらず彼は私のことに気づかなかったようだった。

ホッと息をつき、私は皆の待つ〈けめこ〉へと向かった。

延々と続く宴会はいつも通りなれど、いつもよりも奮発した変わり種の酒を持ち込んだおかげか、皆の顔色が良く見える。美酒水よりも水のごとしの法則で、天にも昇る勢いで飲み続けていく。

この世にはいくら飲んでも飽きない美酒が存在する。それらに囲まれれば、人が喜び神が喜ぶのだ。なるほど、何となく祭りらしいではないか。

一時間ほど経ったとき——神酒島先輩の姿が見えないことに気づいた。

「アイツなら、店の外に出て行ったよ」

お腹の大活躍でぷちんと外れたワイシャツのボタンを探しながら、律儀に教えてくれた大山先輩に感謝を告げ、私は買い出しに行くふりをして店を出た。

神酒島先輩を見つけるのは、ことのほか簡単だった。

地下から地上に上がる階段の途中に腰かけていたのだ。

彼は、私に向かって「よう」と言った。

「何してるんですか、こんなところで」

「月を見てる」

「え？」

月なんか、出ていないではないか。

空は暗雲がいまだ立ち込めている。なかなか九月のクラウドが居座っていて去らないのだ。なのに——月を見ていた？

神酒島先輩は二重にしていた紙コップを外して〈ひやおろし〉を注いでくれた。

「旧暦の八月、今年で言えばちょうど今くらいに、月に帰った女がいたなと思ってね」

「かぐや姫——ですか」

この前も神酒島先輩の口から、かぐや姫のことが話題に上った。

「そう、月の罪人ね。彼女、結局月で何の罪を犯したんだろうな？」

「最古のSF謎深し、ですね」

「たぶん、本命の男が月にいたのさ。そして、その恋が罪深いものだったから、追い出されていたんだろう。地球の男になびかなかったのは、そのためかもしれないな」

さらりと異聞を語る神酒島先輩の髪を、秋風が撫《な》でた。

それから、ふと彼は話題を変えた。

「今日いた笹下さんはわがサークルの創始者でね、当時あの奥谷総長も一時的に在籍していたことがあるらしい。だが、恋愛のトライアングルに敗れてサークルを去った。以来、奥谷総長は酒が好きなのに酒飲み学生を嫌うというねじれた精神構造の持ち主になった」

「それが――今回の学園祭の禁酒騒動の根底にあったんですね」

「まあ、結果良かったんじゃない？　これぞ学園祭の本意だ」

「……どういう意味ですか？」

「そもそも学園祭ってのは、学校の伝統を継承しつつ発展させていく記念行事さ。四十年以上昔の三角関係の和解という一幕は、じゅうぶん発展的と言えるだろ？」

「むむ……そうかもしれませんが……」

「それにしても――まあ今回はお前の活躍で大いに楽しめたよ」

「それはどうもです」

「オチョコ、人間って後ろめたいときほどよく働くらしいぞ」

「……どういう意味でしょうか？」

「そのまんまの意味さ。かぐや姫がそうだった。じいさんばあさん孝行をして、したくもない見合い話をいくつも受けた。一種の罪滅ぼしのつもりなんだろうな」

　私は唾《つば》をゴクリと飲みこんだ。

　神酒島先輩は、〈ひやおろし〉をさらりと飲み干して、再び注ぎながら言った。

「お前だろ？　チラシを盗んだの」

　満月が、黒い雲の隙間から現れた。

風が吹いたけれど、私の頰は熱くなる一方だった。

どうして――バレてしまったのだろう？

私は、紙コップの中の酒を一気に飲み干した。

10

「学園祭実行部の部室から大量のチラシが消えるなんて、とても一人でできることじゃない。それが一晩で行なわれたとなれば、組織犯とみるのが妥当だ。気になったのは、データまで消されていたってところだ。俺はそこに犯行動機があると踏んだ」

そこで神酒島先輩は言葉を切った。

タキシードのジャケットを脱ぎ、私の肩にかけてくれる。

「……ありがとうございます」

「俺は、チラシには犯人に不都合なものが写っていたんじゃないかと考えた。名月祭のポスターと言えば、戸山大学のシンボルでもある岩隈講堂の時計台の部分が中央にくるのが定番だ。たぶん今年も同じだったはず。ではいったいどこに問題があったのか」

「どこに、問題があったと？」

「『鴉《からす》に吹き出しで〈飛翔《ひしょう》せよ〉って喋《しゃべ》らせている傑作ポスターだったのに』と、宇津保は言っていた。俺はそれを聞いたときに、ふと思い当たった。先週の金曜日、岩隈庭園でブルー・ジャケットの連中がカメラを抱えて撮影をしていた。俺はたまたま〈新岩隈会館〉の裏側でしなくちゃならないことがあってそこにいたんだ」

「へえ、しなくちゃならないこと、ですか」

「何だ?」

「べつに……」

「まあいいや。それで、そのとき岩隈講堂の時計台にはちょうど大きな鴉が一羽留まっていたんだよ。つまり、ポスターの写真はあの時に撮影されていたと考えられるんだ」

「それが——何なんですか?」

「……さあね」

神酒島先輩はそこで言葉を濁した。彼はわかっているのだ。でも、その推理を口にすることが私を追い詰めることになるのを知っているのに違いない。だから——黙っているのだろう。

「そうですよ」と私は口を尖《とが》らせた。「私、あのポスターに写っちゃったんです。撮影しているのが〈名月祭〉実行部の男の人たちだから、何の目的で撮っているのかすぐにわかりました。たしか前年のポスターもいっぱい学生が写り込んでいる岩隈講堂の写真でしたから、今年の〈名月祭〉のポスターに使う気だろうって」

「いいよ。もうこの話はやめよう」

「……ずるいですよ」

最後まで話させないなんて、ずるい。

あの日――私は神酒島先輩の後ろ姿を見ていた。

そのとき、右手にはあの大鴉がいて、時計台の時計の針は十二時を指していた。

万一ポスターを神酒島先輩が見てしまったら、そして神酒島先輩が時計台の状態を記憶していたら、あの日に私が神酒島先輩の後ろ姿を見ていたことがバレてしまう。

そうなれば――尾行していたと勘違いされてしまうかもしれない。それだけはどうしても避けたかった。

「知りたい？」

「……何がですか？」

「俺があの日、〈新岩隈会館〉の裏手でしてたこと」

「いいです、べつに」

「なるほど。そんなに知りたいなら言うけど」

「いいって言ってるじゃないですか」

「撮影やってたんだ」

「え？」

撮影？

予想外の単語に、きょとんとしてしまう。

「これに応募するためにさ」

神酒島先輩が懐から取り出したのは、〈名月祭映画コンテスト〉のチラシだった。

「映画……ですか」

「笑うなよ。大学入ってすぐに映画サークルの連中とそりが合わずに喧嘩《けんか》してやめた。で、〈スイ研〉に流れ着き、三年間宴《うたげ》、宴、また宴の毎日さ。〈足踏み〉には違いないが、案外いいウォーミングアップになったよ。世の中、無駄なことなんてないな」

「どうして……内緒に？」

「元芸能人に、素人がいまさらカメラ持ってみましたなんて言えるか？」

「……言えますよ。全然恥ずかしくなんか……」

神酒島先輩にも夢があって、何も酒のためにだけ存在する男ではなかったのだ。

「もしかして――夏休みより前から始めてたんですか？」

「俳優を募集してたんだ。それで、その面接のためにしょっちゅう〈エイスケ〉を抜けてた」

「それじゃあ……『キスは大丈夫？』っていうのは、その……」

「キスシーンのことだ。結局やめたけどね」

とんだ勘違いだ。私は顔から火が出るのを通り越して火から顔が出るほど恥ずかしくなった。

「コンテストの結果は？」

「落選。でも、悪くない。目標は作品を形にすることだったから。あれこれやり方も見えてきた」

「……言ってほしかったです」

言ってほしかった――それだけだろうか？

なんでこんなに寂しい気持ちになるのだろう、と私は思った。

この時間になると、高田馬場界隈《かいわい》はサラリーマンや学生の酔っ払いがそこかしこに溢《あふ》れる。決してきれいな町ではない。星だって、地元の徳島のほうがよほどきれいだったはずなのだ。

それなのに――今宵《こよい》の満月はどうしてこんなにも美しいのだろう？

「映画監督になりたいんですか？」

「なりたかった。でも、目標を見失ってたんだ」

「どうして――」

どうしてかな、と神酒島先輩は笑った。

「目標って、ときどき月みたいに雲の向こうに隠れちゃうんだよな。人間なんてどんなに足元しっかり見てたって、ふとしたタイミングで何のために生きてるのかわからなくなる生き物なんだ。だから、たぶん月を見る。月が出ない夜は、そんなものさと諦《あきら》められるし、また月が出てきたら、ようし俺も、となる」

私は――神酒島先輩という人を誤解していたのかもしれない。彼には悩みなんかないと思っていた。すべてを海の底のような目で見据えていて、この世の理《ことわり》をあまねく見透かしているのだ、と。

違ったのかもしれない。

神酒島先輩もまた人の子。月が見えない夜もある。

「月が見えない夜は、どうするんですか？」

「飲むのさ。飲んでるうちに月でも何でもない別のものが見えるかもしれないし、そっちのほうが楽しいかもしれない。そうやって浮かれ騒いで酔いが醒《さ》めた頃には、また月が出てくることもある」

神酒島先輩は両手の人差し指と親指でフレームを作り、月を収めた。そのまま、フレームを私のほうへ向ける。

「マネージャー通してください」

私は顔に手をかざしてそれを遮った。

「知りたくないんですか？　私がどうやってチラシを消したか」

「聞かなくてもわかる」

「え？」

「さっき笹下さんにウィンクされてたろ？　あれ見てすぐに気づいたよ。笹下さんが代表取締役を務める〈株式会社利休流〉はリキュール会社の老舗《しにせ》だ。酒のパッケージにも最近は再生紙を利用するらしい。三万部ものチラシが手に入れば、結構役立つはずだ」

「……」

「お前は、子役時代に培った演技魂で〈謎の美女〉を演じ、広報の二人を酔い潰《つぶ》した。夜中に俺たちが呼び出したときに化粧をしてたのはそのためだ。打ち上げ用のビールケースがなくなっていたのは、二人を唆して空けさせたからだ。その隙に笹下さんに連絡をつけたってわけだ。広報の二人も言えないよなぁ、自分たちが女に騙《だま》されて酔っ払ってしまいましたなんて」

そう。案の定、彼らは黙秘し続けているようだ。

笹下さんはいい人だった。

――困ったことがあったらいつでも呼んでくれりんこ。

大量のチラシを前にして、思い出したのは酒蔵にいた頃に我が家に出入りしていた大手酒蔵メーカーの人たちの顔だ。彼らは計算機を持ち歩いては、経費を試算していた。そのときに、パッケージ代を安く済ませることに頭を悩ませている姿を見たことがあったのだ。

チラシの再利用を持ち掛けると、笹下さんは「何か事情があるようじゃな」と言ったが、結局その事情を聞きもせずにすぐに部下の人たちを派遣して、夜のうちに運び出してくれたのだった。

「約一五〇キロの紙も、企業の力を使えば一晩でどうにかなる。それが――かぐや姫の罪過だったわけだ。その罪悪感から、お前は〈スイ研〉を離れてテロ活動まで引き受け、見事に全員酔い潰すなんて無理難題をクリアしてしまった。絵に描いたようなかぐや姫じゃないか」

「月に帰ります」

帰れ帰れと神酒島先輩は笑った。

「いつから気づいてたんですか？」

「お前言ったろ？『広報の男子学生二人が鍵《かぎ》をかけたというのが本当なら……』って」

「ええ、言いましたけど」

「宇津保は性別にまで言及してなかったぞ」

「あっ……」

私は――自分からヒントを供出してしまっていたのだ。

ミステリ好き失格……。

私の特異な失望に、神酒島先輩が気づいた様子はなかった。

「……なあ、オチョコ。大事なことは本人に聞く癖をつけろよ。そうでないと、どこかで道を誤る。月も――見えなくなる」

そうできるなら、人間はそんなに大変じゃないのだ。

聞きたいことを聞けるくらいなら、私はもっと違う生き方をしているはずだ。

でも、そうは言えなかった。

「はーい」

逃げるように顔を背けた。

「また女優やれよ。〈謎の美女〉もうまく演じられたみたいだし」

「……上手下手の範疇《はんちゅう》じゃないですよ、あんなの」

女優なんて下手だって生きていける。問題は、気持ちだ。犬かきのような泳ぎ方でも水泳の選手を目指すことは不可能ではない。ただ、そこに目的も欲求もなければ、夢など描きようがない。

大衆を酔わせることに興味が持てない女は、女優になどなるべきではないのだ。

「俺の腕がもう少し上がったら、そのうちお前を使ってやるよ」

時間が――止まった。

雑踏のノイズは相変わらずで、酔っ払いが笑いながら空き缶を蹴飛《けと》ばす音は不快以外の何物でもない。けれど、そんな音さえも、止まった時のなかでは、鮮やかな音楽のように響くのだ。

「私、結構カメラワークうるさいですよ。しっかり腕を磨いてください」

「あいよ」

気がつくと口は可愛げのないことばかりを言い募る。その癖、口とは裏腹に身体は焦がれるように熱く、どこかにしがみついていないと、倒れてしまいそうだった。

いま私は、生まれて初めて本当に酔っているのかもしれない、と思った。

夜空を見れば、この忙《せわ》しなく罪深い数日間が、許されてゆく気がした。

街のネオンにも薄まることのない、月酔いのもとに。

雪酔いロジック

Yukiyoi Logic

I

長いトンネルは——青春に似ている。

その閉塞感《へいそくかん》は、先に待ち受けるはずの世界の存在さえ忘れさせてしまうのだ。

とはいえ、日野山《ひのさん》トンネルを抜けると、そこはもう雪国だということは知っていた。本当なら冬合宿に参加して、〈スイ研〉のメンバーと夜行バスでこのトンネルを通り抜けるはずだったからだ。

霧の混じった冷たい夜の空気にそっと耳を包まれようと、酒と愚かしい会話さえあれば、惰性と抒情《じょじょう》のハイブリッドを愉《たの》しむことだってできただろう。

しかし——実際に日野山トンネルを抜けたのは、夜行バスによってではなく、昼日中、クッション性のほとんどない、おんぼろワゴン車のシートに身を預けながらであった。その車の外装は薄汚れた白色をしていて、〈坂月酒蔵〉という青いロゴがプリントされている。

——あんなぁ、十二月二十七日、空けといてや。

いつもながら理不尽な我が父からそのようなお達しがあったのは大学のレポート提出を終えた先週二十日のことだった。やっと一息ついて、さて冬合宿の計画をと〈スイ研〉メンバーともども盛り上がっていた矢先の電話だった。

——なんで？　年末にはどうせそっち帰るんで？

不満を声に漲《みなぎ》らせてみたが、父はそんなこちらにおかまいなしだった。

——ええから空けとけ。予定入れたらなあ、その指に鼻入れるで。

——父ちゃん、逆やし。しかも汚い。

——なんでもええんじゃ！

電話は切れた。都合が悪くなると電話を乱暴に切る癖が父にはある。こんな不愉快な電話などなかったことにしてくれる、と思った。だが、直後に今度は母親から電話があった。

——ごめんな、蝶ちゃん。

——どういうことなん、母ちゃん。

——蝶ちゃんお願い、あの人の一生に一度のわがままやと思うて、聞いたげてくれんの？

大袈裟《おおげさ》だ。こんなことに騙《だま》される私ではない。

——三年前にも、未成年やったウチに、一生に一度のわがままや言うて新しい酒の味見させようとしよったやん？　断ったけど。

あの頃は、まだ父のひそかな酒豪教育の実態も知らず、お酒を飲んだら恐ろしいことになるのではないかと思っていたのだ。

——ほ……ほうやろ？　あんとき断ったから、今なんよ。

調子がいい。しかも母はわかりやすい。彼女が〈蝶ちゃんお願い〉と言うときは大抵どこか後ろめたい相談をするときに決まっているのだ。思い返せば幼少のみぎりに、父に内緒で東京のオーディションを受けに行ったときも〈蝶ちゃんお願い〉だった。

そして——結局私は、そんな二人に育てられた娘の悲しい性《さが》として、今回も冬合宿の予定をキャンセルして、〈お願い〉と〈わがまま〉を聞き入れる羽目になったのだった。

——まあお前の分もきっちりみんなで飲むから安心しろ。

夜っぴて行なわれた納会の二次会の最中に合宿不参加の旨を伝えると、神酒島先輩はそう言って肩をぽんと叩《たた》いた。ムッとしながら、一体何に腹を立てているのかわからぬ消化不良な気持ちを抱えたまま明け方に寮に帰り着き——冬休みに突入してしまった。

もう年内に〈スイ研〉メンバーに会う機会はないのだと思うと、無性に寂しくなった。思い返せばこの一年、中学や高校のクラスメイトたちとよりも長い時間をべったり彼らと過ごし、夜な夜なしゃべり明かしてきた。

そんな感傷に浸っているうちに、日野山トンネルは終わった。灰色と白の織り成す淡い世界が、突如として目の前に現れる。

初めて行く土地だ。一度だけ——映画を撮る予定が入ったことがあった。それはもう少女の終わりと言ってもいい頃で、仕事がなくなり、自然に業界からフェイドアウトしかけていた折に降ってわいた依頼だった。雪国を舞台にした映画、『さゝめ』。

幼馴染《おさななじ》みとの結婚を目前に控えた男の前に、彼の運命を狂わせる少女ササメが現れ、静謐《せいひつ》な雪の町の日常が崩れてゆく。頽廃《たいはい》的な美を繊細に切り取ることで知られる映画作家、児玉汀《こだまなぎさ》による脚本・監督作で、世界的な映画賞もとれるのでは、と噂されていた。

児玉監督はぜひとも私を主演にして撮りたいと言ってくれていたけれど、結局私は断った。温泉に入るシーンがあったのだ。たかがそれだけで、と人によっては言われてしまうかもしれない。

けれど、人前で肩を出すような真似は、いくら演技でも当時の私には考えられなかった。それまでにこびりついた子役イメージ払拭《ふっしょく》のためと言われても、無理なものは無理なのだ。

ただ、母がうっかり先走って一度オーケーを出してしまっていたために私が主演をやるという噂が一部の週刊誌に出回り、映画会社は対応に苦労したと聞いた。そんなことも、業界に居づらくなった原因の一端ではあったのだ。

学生寮の前に白のワゴン車で迎えに来た父に、福井《ふくい》に行くと聞かされたとき、久しぶりにその頃のことを思い出した。

「なんで福井なん？」

私はずっと気になっていたことをついに尋ねた。

「縁組みじゃ」

「は？」

嫌な予感がして、私は刺すような視線を父に向けた。

すると——その視線に父は慌てた。

「ちゃ、ちゃうちゃう、お前のんでない、酒じゃ」

「酒？」

「うちの〈つきのね〉の酒樽《さかだる》で〈白雪酒造《はくせつ》〉の〈ゆきんこ〉を寝かせたらおもっしょい味になるんちゃうんかって、喜一《きいち》の奴が言いよるきに」

喜一というのは、父の幼馴染みで、もとは徳島にいたのが大学卒業後に福井の酒蔵の娘と結婚して婿養子に入っている。正月に一、二度我が家にもやって来たことがあったので覚えていた。身体全体が横に広くて、豪胆さだけが前面に押し出されている我が父と違い、痩身《そうしん》の白居《しらい》氏は、どこか雅《みやび》な雰囲気が漂っていた。同い年でも年の重ね方はさまざまだとしみじみ思ったのを思い出す。

「樽の縁組みは構わんけど、聞きたいんは、なんでそれにウチがついて行かなならんのってこと」

「見てみい、雪は白いのう」

「オイ……」

やれやれ。嘘が苦手なのは母も父も同じ。何やら企《たくら》んでいるのは間違いない。

面倒な旅になりそうだ。

私は、白いため息をもわりと吐き出した。

2

「ウチ、福井に来るの初めてじゃ」

家族といると、昔から自然に徳島の言葉に戻る。こういう時、言葉は空気と一体になっているのだなと感じる。

いっそこの方言ごと捨ててしまえたら、少しは生きるのがラクになれるのではないかと思う時もある。しかし、家族も言葉も生まれも、簡単には脱ぎ捨てられない。それは服のようでいてもっと皮膚に近いものだからかもしれない。服と皮膚の間にある何か。そんなものが、年を重ねるごとにこれからも増えていくのだろうか？

大学四年になれば就職活動でも始めて、どこかの会社に就職し、そこでも新たなしがらみができて、それを簡単に脱げないと言いながらふてくされた顔で、酔えもしないくせに缶チューハイなんぞを空けるのだろうか。

不満顔をしつつ、それらを捨てきれずに生きていくであろう自分自身への、耐えがたい嫌悪感。

また――スチュアート・サトクリフ的な憂鬱《ゆううつ》に襲われる。

結局、いまだ何者にもなれない自分は、方言をしゃべることで、少しばかり呼吸がラクになるようだった。

けれど――。

「ほうやろ。四国《しこく》もええけんどな、冬の福井は空気がきーんと張りつめとってええぜ。こういう気候でしかでけん名酒いうもんはあるわ」

父親はそれから、〈ゆきんこ〉がいかにうまい酒かという講釈を始めた。「ほう」とか「へえ」とか、そういった相槌《あいづち》をランダムに組み合わせて打ちさえすれば会話は機嫌よく進んでいく。父は年々話が長くなっているが、要約すれば、〈ゆきんこ〉の飲み心地は辛口だがすっと鼻に抜けるようなすっきり感があって、この「鼻に抜ける感じ」にかけてはどんな名酒にもひけをとらぬのだということだった。

「その〈ゆきんこ〉をウチの〈つきのね〉の樽で寝かすと、ええことあるん？」

「わからん。酒造りは博打《ばくち》やけんね。〈つきのね〉のまろやかな味わいがどう絡むかじゃ。もしかしたら、水と油で駄酒になるかもわからん。結婚と同じやで」

「え？」

「結婚も酒造りも博打や。うまく行くかどうかなんかわからんのや。そんでもな、石橋叩いてよしオッケーなんて絶対ないんや。責任とか覚悟とかな、そげなもんは飛び込んでから習えっちゅう話やねん」

私は何も言わなかった。相槌も打たなかった。父の魂胆が少しずつ見えてきた気がしたからだ。

車内にはトラヴィスの名盤『ザ・マン・フー』がかかっていた。個人的には冬にしか聴きたくないアルバムではある。年々音楽の趣味だけは父と近くなっていることが嫌ではあるが、血は争えない。

ワイパーは、窓に降り積もった雪を拭《ぬぐ》いきれずに苦労していた。自動車会社もそろそろワイパーに代わる新しい装置を開発すればいいものを、と思っていると、車が突然速度を緩めた。

「着いたぞ」

チェーンタイヤをシャリシャリと言わせながら、大きな日本家屋の前で左に曲がり、門の中へと入った。

〈白雪酒造〉の紋の入った半被《はっぴ》を着た若い男たちが一斉に並んで頭を下げる。手にスコップを持っているところから察するに、雪かきをしていたようだ。

やがて、家の扉が開き、紺の着物を着た男性が現れた。

喜一さんだ。前に会ったときよりだいぶ白髪が多くなり、目元が優しくなった。

「よう来んさったねえ。あれ？　隣のべっぴんさんは誰だ？」

車を降りて挨拶《あいさつ》をする。

「蝶ちゃんかー！　テレビに出てた頃の何倍もきれいでねーか」

「社交性は二分の一になりました」

今日は大学関係者がいないからとコートのポケットに眼鏡をしまったままなのを思い出して、妙に落ち着かない気持ちになった。いつの間にかすっかり眼鏡依存症になっている。

開いたままの戸口に、べつの人影が現れたのはそのときだった。

雪景色に向かって白い息を吐き、寂しそうに曖昧《あいまい》な笑みを浮かべているその顔は、喜一さんのDNAを感じさせつつも、この曖昧な空の色を思わせる詩情を湛《たた》えていた。

「おお、キセキ、こっち来い！」

喜一さんは、その青年に手招きをした。キセキと呼ばれた青年は、ふっと苦笑交じりに小さなため息を漏らし、小走りにやってきた。

「うちの次男坊のキセキ。喜ぶに三蹟《さんせき》の蹟で喜蹟だ。よろすく頼むな」

「あ……はい、こちらこそ」

そう答えると、喜一さんの目に、なぜかうっすらと涙が浮かんだように見えた。

どうしてここで泣く？

「ええ男に育っとうでないか」

父は一度会ったことがあるのか、親しげに喜蹟さんの肩をバシッと叩《たた》いた。

「どうじゃ、蝶、この男なら文句ないじゃろ？」

「……何が？」

嫌な予感の的中率は、こと親に対しては年々上昇する傾向にあるようだ。特にその目が泳いでいるときは要注意。

「何がって、決まっとうでないか。喜蹟クンな、うちに婿養子にいただこうかと思うとるんじゃ」

そんなことだろう。

そうでなければ、ここまで私がやってくる理由がないもの。

喜一さんの涙のわけもこれでわかった。さっきの受け答えですっかり勘違いさせてしまったかもしれない。

私は空を見上げた。灰色の空を飛び交う粉雪が、皮膚に当たって溶ける。

なぜか——無性に神酒島先輩に会いたくなった。

3

景気のいい歌声が聞こえてきたのは、荷物を下ろし、部屋で一息ついたときだった。

仕込み唄《うた》であることはすぐに調子からわかった。地方や酒蔵ごとに唄は違えど、酒の仕込みの際に男たちが仕込み唄を歌いながら麹《こうじ》をかき混ぜる姿は全国共通だ。

唄を歌うのにはいくつか理由がある。第一に、歌っていれば眠くはならないし、寒さをまぎらすこともできる。それに、何よりリズムよく全員が一丸となってかき混ぜねばならないので、唄ほど一致団結に好都合なものもないのだ。

唄の種類も作業工程ごとに違っていて、唄を聞けば今何をしているのかがすぐにわかる。今はどうやら仕込みの最中らしい。

仕込みとは、酒の酛《もと》を添加して発酵させるもろみ作りの作業で、酒を造り出す最終工程だ。これが終わると、杜氏《とうじ》は蔵主に一番酒を持っていって、味見をさせる。

小さい頃を思い出した。

早朝に目覚めると、蔵のほうから歌声が聞こえてくる。カーディガンを羽織って台所へ向かうと、母親が手伝いに来ている女性たちと「ああ面倒や」と愚痴を言いながら昼ご飯の支度をしている。蔵の男たちの分まで作るため、午前中いっぱいかかってしまうのだ。

「ええもんじゃろ？　蔵から唄の聴こえる日常」

横になって持参したクリスティーの『オリエント急行殺人事件』を読んでいると、着物に着替えた父がニッと笑いかけた。

「話すり替えんとって。酒の縁組み言うたじゃろ？　なんでウチの縁組みなん？」

「いや、酒はもろて帰るで。嘘は言うとらん」

それならなぜそんなにも目が泳ぐのか。

まあいい。どうせ父親二人の勝手な画策でやっていることで、あの喜蹟さんにしたところで、寝耳に水の話に違いないのだ。

「早速やけどな。喜蹟クンとちょっと散歩でもしてこんか？　もう庭のほうでお前案内するために待っとうらしいで」

「なんで何でもかんでも先に決めるん？」

「子役やるんを決めたんはワシやないなぁ」

出た。〈一度勝手して痛い目見たんやから後はワシの言うこと聞け戦術〉。今のところ、この技を跳ね返す方法は――。

「だいたい、ウチまだあと三年は学生なんで？」

「お前、ほんまに真面目に勉強しよるんか？」

それは――。

していなかった。

それどころか、後期に入ると、講義に出なくても単位が取れる科目は、徐々にサボタージュし始めている勢い。

そして夜は――ほぼもれなく飲んでいる。

「こないだ寮長に電話したんじゃ。最近、朝ごはんの時間におらんことが多いらしいでないか」

ギクリ。まさか寮に電話をかけていたとは。

「……朝ごはん抜いてるだけじゃ。ダイエット」

「いいや。部屋にもおらんらしいで」

分が悪い。夜もすがら飲んでいますとも言えない。

「あれや、朝ごはん抜いて早《はよ》うに学校行っきょんじゃ」

「男、できたんとちゃうやろな？」

「できとらんわ」

思わず鼻で笑ってしまった。何だ、それを心配していたのか。

「ほやったら、縁談、進めてかまんな?」

「無理じゃ。大学も辞めんし」

「勉強もしとらん奴に高い学費払えるかいな。ほれ、待ってはるんぞ。支度早《はよ》うし。あ、ほれからな、今夜は婚約式じゃ。しゃんとせいや」

「は……は? 婚約式て……」

話は終わりだと言わんばかりに、父はどすどす歩いて行ってしまった。

婚約式?

あまりの急展開に頭の中が雪景色になる。

だが、庭で待っている喜蹟さんに罪はない。

いや、むしろ彼だってこんな急な話、迷惑に決まっている。まず彼と話し合ってみよう。必ず回避する方法があるはずだ。だって、普通じゃないもの、こんな縁談。我に返ると、これといった支度をするでもなく、そのまま庭に向かうことにした。

縁側に出ると、左手に大きな酒蔵が見えた。

自分の家のものではない蔵を見るのは初めてのことで、不思議な感慨がある。仄《ほの》かに漂う酒粕《さけかす》の甘い香りがたまらない。

そのちょうど向かいに、垣根越しに白い煙が上がっているのが気になった。火を焚《た》いて出る煙ではない。もっと柔らかくて、動きの少ない煙だ。

「どうぞ、ここから降りてください」

声をかけられて我に返った。喜蹟さんが、立っていた。見ると、沓脱《くつぬ》ぎ石に女性用の下駄《げた》を用意してくれていた。

「す、すみません……煙に気をとられていて」

「ああ、あれですか。隣、旅館なんですよ。〈雪花智《せっかち》〉っていう」

「え？　せ……せっかち……」

「面白い名前でしょう？……あれ、どうかしました？」

せっかち——その名前に、過敏に反応してしまう。

記憶をたどるまでもない。

〈雪花智〉は——。

〈スイ研〉の冬合宿恒例の宿泊所なのだ。

4

喜蹟さんは雪のようにさらさらとした優しさをもった男だった。口当たりもよく、冗談もほどよくまぜてくるあたりに、ああこの人女性の扱いに慣れているな、と感じた。

だからこそわからなかった。いくら父親に押し切られたとは言え、なぜ不満顔ひとつせずにこんな無茶な縁組みに従っているのだろう？

「あの、喜蹟さん――」

「何ですか？」

「今日の夜、婚約式って……知ってました？」

「先週聞きました」

「……どうして断らなかったんですか？」

「どうして――だって、蝶子さんのことは昔よくテレビで見て知ってましたし、親父の友だちの娘さんだって聞いて何となく他人じゃないような気はしてましたからね」

「それだけですか？」

それだけで、人は結婚という一大決心を軽々としてしまうものなのだろうか？

百年前ならそうだろう。

五十年前だって、そういう人はいたかもしれない。

でも――現代で縁組みなんて……それも、こんな若くして……ふつうそんなに簡単に決断できるものではないのではないか。

「父の勢いがすごくて、とても断れる状態じゃなかったのも確かですけど……」

言いにくそうに、喜蹟さんはそう付け足した。

「何か事情がおありのようですね？」

それまでの気さくな雰囲気が一変、口が重たくなる。

「……僕がいけなかったんです」

彼の目は垣根ごしに立ち昇る湯煙に向けられていた。

それから、喜蹟さんは話題を変えるように、つとめて明るい調子で庭園を案内し始めた。こんもりと楕円形《だえんけい》に手入れされた木々の上に雪化粧が施された瞬間芸術が、見る者の姿勢を正させる。

松の枝に降りかかった雪が、その隙間から見える緑をいっそう鮮やかに見せていた。

鹿威《ししおど》しが、カタン、と鳴る。

その音が——遠くから聞こえる仕込み唄《うた》の合いの手のように響く。

「お堀を案内しますよ」

庭園の狭い出口を抜け、左を向くと〈雪花智〉の看板が出ているのが見える。

少しだけドキドキした。

中に、〈スイ研〉メンバーがいることを思い出したのだ。今すぐにでも彼らの下に合流したいというのが本心だとしても、状況はそれを許さない。いや、むしろ〈スイ研〉メンバーなどを父親に見られたら、あんなヘンテコな集団とは縁を切れと言われるのがおちだ。

それに——今は今で、見られるのはまずい。

そんなわけで、私は心密《ひそ》かにどうか誰にも会いませんようにと念じながら、その前を通りすぎようとした。

すると、前方に人影が見えた。

白い背景からくっきりと浮かび上がる艶《あで》やかな朱色の着物が、〈雪花智〉の門のなかへ駆けこんでゆく。一瞬だが、私は見逃さなかった。彼女の頬に、涙が伝っていたのを。

喜蹟さんが、その背中に叫ぶ。

「待ちよし！　トモミ！」

その言葉に、一度だけ足を止める。

だが、すぐに中へと消えてしまった。

「何があったのか、聞かせてもらえますか？」

「え……？」

「婚約をお受けするなら、過去の棘《とげ》はなるべく抜いておいたほうがいいと思うんです」

半分は逃げの口上だった。断る理由が見つかればそれでよかった。

それに、喜蹟さんの顔を見れば、彼がいましがたの女性に何らかの未練を抱いているのは明らかなように見受けられた。

やがて——喜蹟さんは、途切れ途切れに、過去の出来事を語りだした。

5

喜蹟さんと〈雪花智〉の一人娘、智美《ともみ》さんとは幼馴染《おさななじ》みだった。

親同士も仲が良く、いずれは二人を結婚させたいと早くから望んでいたし、本人たちもすっかりそのつもりでいたようだ。

ところが——。

昨年のちょうど今頃に事件が起こったのだ。

「ときどき、温泉に浸《つ》かりたくなったら、〈雪花智〉に行くんです。そのときもそうでした」

遠い目をして喜蹟さんは語った。

酒蔵の最終点検を終え、冷えた身体を湯で温めようとした。

ところが——先客がいた。

カタン、と鹿威しの音が鳴ったのと同時に、その存在に気づいた。

何と、見たことのないような美しい女が湯に浸かっているではないか。一瞬、男湯と女湯を間違えたのか、と喜蹟さんは考えた。

〈雪花智〉では男湯と女湯は毎日順番で交替するシステムにはなっているけれど、喜蹟さんにはたしかに男湯を選んで入った記憶があった。すると、間違えたのは女のほうか。

——あのう、もすかすて、間違えてねえですか？

思い切って喜蹟さんは声をかけた。でも、女は答えない。

女は恥ずかしいのかそっと顔を背けると、温泉の中に顔でも埋めるようにした。気分が悪いのだろうか？　それともただ恥じらっているだけか？

あれこれ考えながら喜蹟さんは身体を洗ったりして過ごした。これ以上気を遣わせないためにも知らぬふりをして過ごそう、と思いながら。

そのうち、雪が降り出した。もう上がろうかという段になってまた女のことが気になった。いくら恥じらっているとは言え、あまりに長時間湯に顔を伏せている。湯にあたったのなら放っておけない。喜蹟さんは意を決して女に近づいた。

「その後の記憶がないんです」

「記憶が——ない」

「彼女が振り向いたまでは覚えています。間近で見ると、よりいっそう美しいと感じたことも。でも、それ以降のことは……」

「はあ」

「気がつくと、温泉の岩の脇に倒れていました。時間にして十分とかその程度しか経《た》っていなかったはずですが、もうそこには女性の姿はありませんでした」

急いで帰って眠りに就いたが、女の顔がちらついてうまく眠れなかった。自分とあの女の間に何があったのだろう？　そもそも彼女は本当に存在していたのだろうか？

「ところが、翌朝に事態は一変していたんです」

一夜明けると、喜蹟さんは悪人になっていた。

智美さんの父親である〈雪花智〉の主人が殴り込んできたのだ。

——おめえ智美がいながら、うちの温泉によその女連れ込むたあどういう料簡《りょうけん》だ！

普段は雪だるまのような御仁が本当の達磨《だるま》のように真っ赤になってやってきたのだそうだ。はて何が起こったのかとぼんやりしているうちに喜蹟さんは殴られ、それに怒った喜一さんが殴り返すという大騒動に発展した。

「それから〈雪花智〉とうちとは口もきけない関係になったんです」

智美さんはそれっきり顔を合わせようともせず、たとえ道端で会っても、今日のようにそそくさと逃げてしまうようになった。

「なぜなんでしょう？」

「わかりませんが、あの夜のことが何か関係しているとしか思われませんでした。その後、仲の良かった店番の清香《きよか》さんに外で出会った際に聞いてみたんです。彼女は、最初こそ不信感を露《あら》わにしていましたが、何度も頭を下げたらあの日の出来事を教えてくれました」

それによれば、智美はあの晩、短大に提出するレポートを終え、いつも通り客の帰った十一時過ぎに温泉に浸かろうと考えた。お客は入れない時間帯だ。ところが、女湯に向かってみると、脱衣所に見知った衣が置いてある。不審に思いつつ、服を着たまま恐る恐る風呂場《ふろば》を覗《のぞ》き——彼女は抱えていた桶《おけ》もシャンプーも石鹸《せっけん》も、すべて落として茫《ぼう》然《ぜん》自失のまま飛び出した。

ちょうど宿の受付を交替した清香さんと遭遇し、泣き出したのだそうだ。

「どうも僕が女と抱き合っていたらしいんです」

清香さんはひどい話だと思い、智美さんには部屋に戻るように言って、じっと女湯の前で待っていた。ところが——女湯からは誰も出てこなかったのだ。

十分ほど経った頃、男湯のほうから喜蹟さんが現れた。

「女湯からではなく?」

「だって僕は女湯には入ってません」

「でも——智美さんは見たんですよね? 喜蹟さんとその……女性を」

「ええ。でも僕は男湯にいましたし、女湯のほうからも、そんな女性は出てこなかったらしいんです」

「それはつまり——」

どういうことなのだろう?

「智美さんが間違えたってことですか?」

「智美は違うと言っていたようですが——彼女が置いて行った桶や石鹸は男湯のほうにあったんです」

間違えたのか——。

しかし、男湯と女湯を間違えたのは智美さんの問題だとしても、それで喜蹟さんが女と抱き合っていた罪が消えるわけではない。

「本当にその女性と何をしていたのか覚えていないんですか?」

「ほ、本当ですよ!」

むきになり、イントネーションが途端に訛《なま》る様子からは、嘘を言っているようには見えない。そもそも、後ろ暗いところがあれば、わざわざ他人にこんな話をしないだろう。

「それに、清香さんは僕が出て来るのは見ていますが、女が出て来るところは見ていないんです。智美が出て行った後からずっと見ているのに、男湯からも女湯からもそんな女は出てこなかったと言ってるんです」

「そんな……じゃあ、女の人は存在しなかったってことですか？」

喜瀆さんはそれを肯定も否定もしなかった。

ただ、雪を踏みしめる足元を見つめていた。やがて、ぼそりと尋ねた。

「越娘《こしむすめ》って知ってますか？」

「越娘……？」

「いわゆる、雪女です。小さい頃、よく聞かされたんですよ。もしかしたら僕が遭遇したのは越娘なんじゃないかって思うんです。越娘なら、温泉に浸かっているうちに溶けてしまったとしても仕方ないでしょう？」

本気で言っているのだろうか？

私は喜瀆さんを凝視した。

「でも、そうとでも考えないと納得がいかないっしょ？　清香さんの話を聞いて、智美の親父さんもうちの父への怒りこそ冷めないものの、智美の妄想だと内心では考え直している様子だったらしいです」

でも本当は違う、と苦々しい顔で喜蹟さんは下を向いた。

「女はいたんですよ、たしかに」

「……どうしてそれを話さなかったんですか？」

「どう言ったらいいんですか？　智美は僕とその女が抱き合っているところを見たんです。周りはそれを被害妄想で済まそうとしている。そこへもってきて『いいえ女はいました、彼女と僕は同じ風呂に入っていました』なんて——どんならんっしょ？」

みぞれの結晶率のように、微《かす》かに福井弁が交じる。過去の事件を話すことによって、少しずつ、私に対する心の壁が取れてきているのかもしれない。

喜蹟さんの悩みどころはきわどいながらもっともなものだ。

本当のことを話せば、抱き合っていたことまで自動的に事実にされ、いわれのない汚名を着せられることになる。

「でも、たとえ事実と違うのであれ、やっぱり僕は女と一緒にいたと主張するべきだったのかもしれない。たとえそれが越娘だろうと何だろうと、女がいたことに変わりはないんですから」

「智美さんには、妄想癖を疑われるような部分が以前からあったのでしょうか？」

その一件だけで周囲が一気にそういう判断に踏み切ったとは考えにくかった。喜蹟さんは言いにくそうに切り出した。

「妄想……とは違うんですが、すぐ物語に入り込んでしまう癖がありまして」

「なるほど」

アン・シャーリー型か、と私は内心で考える。

「特に『さゝめ』という映画が昔から好きで、数年前からよく一人で見ていたんです。雰囲気がうちの町に似ていたせいですかね」

思わず、足を止めてしまった。

喜蹟さんがそれに気づいて足を止めたので、不審に思われないように慌てて再び歩き出す。

「少女ササメが町にやってくることで、宿の娘小夜子《さよこ》は婚約者を奪われるのではないかと気持ちが乱れていく。智美は『うら（私）、ササメ、嫌いやざぁ』ってよく言っていましたね。思春期にちょうどその映画を観たせいか、ササメみたいな女が現れることを恐れる気持ちが潜在意識にあったのかもしれません」

そうですか、と言いながら、私はその後の話をどこか上の空で聞いてしまった。人生は思いがけないところで、過去を突きつける。その偶然に意味があろうとなかろうと、過去に思いを馳《は》せ、憂鬱《ゆううつ》な気分に陥る自分の弱さまで否定することはできないのだ。

きゅっきゅっと雪を踏み鳴らしながら進む。

一周回って、〈白雪酒造〉のもとの庭園出入口に戻ってきた。

そう言えば、と喜蹟さんが口を開いたのと、私が前方に見知った人影を見つけたのはほぼ同時だった。

「ササメってヒロイン、雪女をイメージして作られたそうです」

私は——その言葉をどこか遠くのサイレンのようにぼんやりと聞いていた。〈雪花智〉の前にある人影に気持ちをすべて持っていかれてしまっていたのだ。

そのせいだろうか、雪の塊に足を取られ、身体が前に倒れた。

「きゃっ」

倒れる手前で、喜蹟さんの腕に抱きかかえられた。

「大丈夫ですか？」

「はい……」

慌てて身を起こし、喜蹟さんから身体を離した。

そこで——視線に気づいた。私は、さっきの人影を見た。

入れ違いに視線は外され、彼は宿の門へと消えた。

神酒島先輩——。

どうして、何も言わずに行ってしまうんですか？

雪は、声にならぬ問いをかき消すように、さらさらと空を塗り続けた。

6

その後は何という話もなく、お互い物思いにふけるうちに元の縁側に帰り着き、そのまま夜の婚約式までしばしの休憩と相成った。

無言で消えてしまった神酒島先輩のことを考えながら部屋に戻ると、父がだしぬけに命令口調でのたまった。

「おい、晴れ舞台の前に、風呂《ふろ》入ってきぃ」

「風呂？ べつに汚れとらんし」

この真冬の夕方に風呂なんぞ入ったら風邪をひくではないか。それに、そもそもその晴れ舞台、まだ私は認めたわけではない。

「ウチ婚約なんかせんけんね」

「何を言うんじゃ。もう婚約はしとる。婚約式が今夜なだけじゃ」

「婚約しとるて……どういうこと？」

「喜一とワシとの間でもう一年も前には決めとったこっちゃ」

「そんな親同士の約束……」

「親同士の約束がすべてじゃ。ほれにな、もう大広間には白居家のご親族の方々がようけぇ来てはるんじゃ。みんなえらい喜んどったでぇ！」

まさかもうご親族にまで知れ渡っているとは……。

「うちのばあちゃんもさっき電話したら、死ぬ前にひ孫が見られるっちゅうて泣いとった」

ばあちゃん——ひ孫……。さっきの喜一さんの涙も脳裏をよぎる。

どうしよう。もう逃げられない。

用意してきたらしい紋付き袴《はかま》を鞄《かばん》から取り出して嬉《うれ》しそうにニヤニヤしている顔を見れば、この御仁に何を言っても無駄なのはわかった。

何とかしなくては――。

「こっちでもかまんし、隣の温泉に入ってきてもかまんらしいで」

「温泉……」

微かな光が差し込んできた。逃亡を企てる好機には違いない。

いや、落ち着け蝶子。急《せ》いてはことを仕損じる。

「父ちゃん、どうするん？」

「ワシはここで入るわ」

「わかった。ほな温泉行ってくる」

「何じゃほれ……」

ちょっと即答すぎたか。父はむくれているが、そんなことに構っている場合ではない。

取り急ぎ服をまとめて、いざ〈雪花智〉へ。

このまま逃げてしまおうか。

でも――婚約回避よりも重要なことがあった。

神酒島先輩と話すことだ。

重厚な門を通って扉を開き、肩の雪を払ってから中に入った。

下駄《げた》箱のところでブーツを脱いでいると、声がかかった。

「ようきんしゃったですのう、吹雪《ふぶ》いてるんに」

着物を着た女性が、二人で出迎えた。一人は女将《おかみ》らしき中年女性。恐らく智美さんの母親だろう。もう一人のふくよかな女性――この人が清香さんだろうか？

そんなことを思っていると――。

「すい、すい、すいすいすい、酔えば素敵な理《り》が見えるすい、すい、すいすいすい研、飲めばあなたも理が見える」

すでに――やっているやっている。

女将は苦笑いを浮かべてこちらに頭を下げた。

「わりいのう、元気な学生さんたちが泊まってらっしゃって」

「あ、いえいえ」

「お泊まりですか？　温泉ですか？」

「温泉です」

「ほしたら、清香さん、案内お願いするのう」

「へえ」

やっぱり清香さんだったか。

清香さんは身体に似合わぬ軽快な足取りでひょいひょいとやってきて私の着替え類の入った手提げ袋をさっと持ち、にっこり微笑んで「こちらどす」と言った。

言われるままに上がりながらも、奥の宴会場の様子が気になって仕方ない。

「お泊まりの学生さんは、昼間から飲んでるんですか？」

「へえ。そらもう。元気のよろしい方々でしてのう」

そのとき——奥の廊下に、女性の人影が見えた。

智美さん。

彼女の目は、まっすぐ私に向けられていた。

柔らかな微笑が浮かぶ。

「覚悟しねま」

「え？」

しねま？　映画？　いや、これ方言か……。

その目が見つめているのは、虚構か、それとも真実か。

智美さんは、まっすぐに私に向かって走ってきた。

「あ……あの……」

何を言おうと思ったのかは自分でもわからぬ。気がつくと、白い足袋《たび》が両足揃って我が顔面へと近づいてきていた。

ドロップキック。

悲鳴もなく廊下の障子を突き破り、
私の身体は宙に舞って、雪の中にどさりと落ちた。

　私の代わりに悲鳴を上げたのは、清香さんだった。

「おやめくだっしぇ、お嬢様！」

　清香さんは全身で智美さんを押さえていた。

　そして――。

　いまの悲鳴で、どたどたと廊下に出てくる者たちがいた。

　昼間より酒を飲みたるろくでなし集団。

　その最たる御仁が、廊下より庭に降り立ち、私に手を差し伸べた。

「雪で寝るのは、雪女だけだぞ」

　浴衣姿の神酒島先輩は、いつもの何割増しか艶《つや》っぽく見えて、私の頬は私の意思と無関係にぽおっと音を立てて赤くなった。

　何たる恰好《かっこう》で遭遇してしまったことよと居たたまれない気持ちになりながらも手を借りて身を起こす。神酒島先輩の手の感触が、ひんやりとして心地よい。

「雪で寝ていたわけでは……」

　当たり前のことを口にしながら尻《しり》の雪を払い落とす。

「遅いぞ。もう始まってる」

「みたいですね」

　それから私は、さっきのことを話そうとした。しかし、自分のとなりにいた男が誰なのかを話すのが先なのか、神酒島先輩が声もかけず行ってしまった真意を問うのが先なのか——。迷っているとオチョコだオチョコだ、と廊下で囃《はや》し立てる声が響く。急いでコートのポケットから眼鏡を取り出してかける。知らぬ人々が聞いたら何というけったいな渾名《あだな》の持ち主だと思われるだろうにと思いながら「どうもどうも」と総理大臣のように手を軽く挙げて答える。

「キャッ！　お嬢様！」

その瞬間、清香さんの身体が宙に舞った。

あっと思ったときにはもう遅かった。

清香さんの身体は、私の真上に降ってきたのだ。

けれど——。

気がつくと、私は、神酒島先輩に突き倒され、斜め後方の雪の上に再び尻もちをついていた。

「痛《いた》ッ！」

そして、神酒島先輩の上に——ドサリ。

清香さんの巨体が、落下した。

「……む、無念」

神酒島先輩は、下敷きになりながら、最後に一言そう言い残して気を失ったのだった。

智美さんは、その間に、廊下を走り去って消えてしまった。

7

「申し訳ありまっしぇん！」

清香さんの全力土下座に神酒島先輩はなんのなんのと寝ころんだままで「次は俺が落ちてくる番かもしれないから」とわけのわからぬ返しをする。

そうこう言っている間にも後ろのほうではやいのやいのと出邑先輩、大山先輩が音頭をとって宴会芸が行なわれていた。何でも冬合宿はこれが恒例となっているらしい。一人ひとりが出し物を用意することになっており、一年生たちは苦肉の策を弄《ろう》して当世アイドルの真似ごとなどしては、「つまらん、飲んで誤魔化せ」とさんざんな野次を飛ばされている。

モッキンは一人SMショウをやりますと称してボンデージスーツで登場すると鞭《むち》を振りかざして自分の小指を痛めつけ「あう！　ぎゃふ！」と叫び続けるよくわからぬ芸を続け五分を過ぎたところでやはり強制終了となった。

清香さんも何が起こっているのやらといった様子で移り行く地獄のショウを呆気《あっけ》にとられて見ている。

大山先輩は「酒の飲み技百連発！」と叫び、親指の先に一升瓶を立て、それを宙に浮かせて口でキャッチする〈レギュラー満タン〉を皮切りに、さまざまなぐい飲み法を繰り広げ始めた。

　神酒島先輩はこれぞ箸《はし》休め時間と思ったか、清香さんに尋ねた。

「さっきの武芸に秀でた姫君のことを教えてくださらぬか？」

「へえ。かの姫君は智美姫にてさぶらえば……」

と、尋ねたる者の流儀に倣いて答える清香さん。かくして彼女の口より一年前の事件について語られたのだった。

　その話は喜蹟さんのした話と寸分たがわぬものだったけれど、わずかに詳しく述べられたのは喜蹟さんが湯に入る際の話だった。

「喜蹟さんはのう、湯を閉める夜の十一時直前、光司《こうじ》いう従業員が受付をしているときにやって来られましてのう。光司に聞いた話では、智美お嬢様が現れたのは私と受付を交替する直前で、お嬢様の行ってしまった直後に男湯の暖簾《のれん》が揺れていたそうです。そうなるとやっぱり智美お嬢様が間違えたんでねえかということになりましてのう」

　実際、清香嬢自身は智美さんが出てくる瞬間を見たわけではない。受付は玄関の目の前にあり、温泉へは玄関から向かって左手に延びた廊下（先ほど私が蹴《け》り倒されたところだ）を通って突き当たりが男湯、左へ曲がれば女湯——一年前のその日はそうなっていたらしい。だから、受付からだと首を伸ばして奥を見なければ確認ができないのだ。

「まあ実際、お嬢様の桶《おけ》やら石鹸《せっけん》やらは男湯の入口に落ちてましたからのう。ただ……」

「女が出てこなかったってことだね？」

「へえ……。だから男湯に入ったんでも、どのみちお嬢様の妄想が入ってることには違いないんどす」

「喜讀という男が嘘をついている可能性は？」

「それは——ありまっしぇん。喜讀さんみたいにお優しい方はいらっしゃりまっしぇん。この辺りの人ならみんな知ってることです。だからこそ、いくら何でも智美お嬢様の言ったことは嘘だろうと言うてるんです。旦那《だんな》様だけは信じたくないようですけど」

「たしかに——現実に智美さんの言う女がいないのでは仕方ないよな。ところで、『さゝめ』という映画についてだが……そんなに彼女はその作品に影響を受けていたのかな？」

「へえ。智美お嬢様はDVDを持っておられて、しょっちゅう観ておられるようでしたのう」

「なるほど。すると——映画の世界に入り込んでしまった可能性もあるわけだ」

「私どもではその線が強いと考えているんです」

「あれは耽美《たんび》的で美しい映画だったな」

「ほうですか……智美お嬢様は——『いやでいやで、いやだから見てしまうんじゃ』と仰《おつしや》ってましたのう」

「ちょっとばかり嫉妬《しっと》心の強い女性のようだね。さて——」神酒島先輩がこちらに顔を向ける。「そんな彼女がお前にドロップキックを食らわしたのはまたべつの事情がアリス・インな気配だな」

「リンス・インみたいに言わないでください」

私はそれ以上の追跡を避けるように宴会芸に目を向けた。

屏風《びょうぶ》の前では、三鳥先輩が、証子先輩につまみを投げられてそれを犬のようにジャンプして口でキャッチする、芸とも言えないワンワンショーが始まっていた。

ついに福井の旅館でまで恥を晒《さら》したことを心密《ひそ》かに嘆きつつ、勧められた〈ゆきんこ〉を飲む。肌のきれいな女の人みたいな味だ、と思った。何とも言い知れぬ色香がある。

鼻からすっと抜ける——と言ってしまえばその通りなのだが、その鼻の抜け方は酒によって千差万別だ。〈ゆきんこ〉の鼻に抜ける感じは——危険な色気が漂っていた。

思わず酒が進む。

「じつはのう」

清香さんがそこでふっと俯《うつむ》きかげんになる。

「お嬢様には可哀想な話なんですけんどのう、いよいよ今夜、喜蹟さんがさる娘さんと婚約式を挙げるそうでしてのう……」

ため息をつきながら清香さんは腰を上げる。

「切ない話で。喜蹟さんもお父上のお怒りがとけないから、泣く泣く諦《あきら》めたんでしょう。

世の中、いったんこじれると、うまくはいかんものですのぅ」

それでは失礼します、と言って清香さんは部屋を出て行った。

〈ゆきんこ〉を、一気に飲み干した。

神酒島先輩が、耳元で囁《ささや》く。

「そろそろ送ろう。心配されるぞ」

その声は、心の奥深くにそっと染み込んでくる。

どうしてそれを……？

まだ何も言っていないのに。

私は――無言のまま、ただ頷《うなず》いていた。

8

「お前が『さゝめ』の話をしたくない事情は大体知ってるから、俺が話すのを黙って聞けよ。これは単なる解釈の話だ」

門を出ると、神酒島先輩は手を広げて降り行く雪に触れた。

「あの映画は、日本文学の原風景へのオマージュ的なものもあったと思う。監督は児玉汀。国内の有名な賞とは縁がないが、海外ではやたら評価が高い。それというのも日本の美意識のエキスをうまく映像にしているからだ。で、『さゝめ』は少女ササメが雪の降りしきる町にやってきて町の人々に波風を立てる話だ。それこそ、細雪《ささめゆき》のような少女の繊細な妖艶《ようえん》さが、観る者を引きつける。お前の代わりに主演をやった荒良木涼子《あららぎりょうこ》は今やドラマに映画に引っ張りだこの大女優に成長した。そして、『さゝめ』はいまだに彼女の代表作と言われてる。何しろ――あの映画で彼女は国際映画祭の主演女優賞を射止めたわけだからね」

「もういいじゃないですか」

私がやっていたら――というのは考えたことがなかった。私にはできない役だ、と当時は思ったし、今もその思いに変わりはない。私は少女から大人の女優へのシフトを自分から放棄した。

それは――そこまでしかガソリンがなかったから、とも言えた。後悔はなかったし、その後の荒良木涼子の活躍をテレビで見ていても、傷口が疼《うず》いたりなんかしなかった。

この土地を訪れるまでは――。

「荒良木涼子は、お前より三つ年上で、現在のお前によく似ていた。監督はよほど坂月蝶子に執着していたんだろう」

たしかに、かなりしつこく頭を下げられた記憶がある。

「とくに白塗りの化粧なんかするとね、よく似ていたんだよ。最近の荒良木涼子は派手なメイクに変えているからわからないけど」

ずいぶん似た雰囲気の子を探し出してきたもんやわ、と口惜《くや》しそうに母が言っていたのを思い出す。

実際には似ているだけではなくて、あの頃の私にないものまですべて荒良木涼子は兼ね備えていたのだ。

子役にも大人の女優にもなれない中途半端な少女は、彼女のスクリーンデビューによって完全に行き場を失ったと言ってよかった。おかげで——楽になった。

やっと休める、と思ったのを覚えている。

「今日智美さんがお前にドロップキックを食らわせた理由だよ。『さゝめ』の世界と現実を重ねてしまったんだろうな」

「……やっぱり、智美さんは心を病んでいるんですか？」

「可能性はある。しかし、こうも考えられる——去年、彼女は本当に女を見ていたのだが、温泉の湯気で顔まではよく見えず、今日のお前を去年の女だと思い込んだのか——あるいはその両方、『さゝめ』の世界と重ね、さらに去年の女と重ねた、とかね。まあ、智美さんのなかでは一緒のことなのかな」

それまでの智美さんと喜讀さんが歩んできた季節は、どんな色をしていたのだろう？

雪深い土地で狂い始めた時間を、もとに戻す方法はあるのだろうか？

間もなく婚約式が始まってしまう。

もし私がそれを受け入れたら、二人の時間は永遠に戻らないだろう。

そして、私と——。

「先輩、さっき私が一緒にいた男の人は……」

「清香さんの話に出てきた喜蹟という男だろ？」

「どうして……」

「あっちは酒蔵の息子。お前は酒蔵の娘。縁がないと考えるほうがおかしい。それに、ずいぶん仲もいいみたいだったじゃないか」

やはり、抱きかかえられるところを、見られてしまったようだ。

「ですから——あの、あれは……」

言い訳をしなくては。あれは転んだところを助けられただけだ、と。

だが——その言い訳は必要とされているのだろうか？

神酒島先輩と私は、ただの先輩と後輩の仲でしかないのだ。

言いよどんでいると、神酒島先輩が言った。

「今夜、〈白雪酒造〉で婚約式をやるんだろ？　もしかしたら、新しい婚約者がお前と感づいたから、智美姫はドロップキックを食らわせたのかもな。まあ、幸せってのは大抵他人の不幸のうえに成り立っている。ご祝儀くらいに思っておけよ」

「違うんです……いや、違わないんですけど……」

口ごもる。雪が口に積もるのを恐れているわけでもないのに。

「オチョコ、言いたいことがあるときは、ちゃんと言えよ」

心臓を突かれた気がした。

「え……な、何ですか、急に。先輩にですか？」

「誰でもさ。親でも他人でも、神様でも」

「カミサマでも――」

どれ一つ、私の苦手なことだった。

私はいつも言いたいことの半分も言えない。というか言わない。で、黙っているうちに言いたいことのタンクが減ってくる。そのうち、〈まあいいや〉という蓋《ふた》までついてしまう。

もしも神様に心を開くことができるなら、私は何を口にするのだろう？

――ダメだ……。

そんな簡単な問いの答えさえも、雪の白さに紛れて見つからない。

「一つ、今年の最大の心残りがあります」

「何だ？」

「神酒島先輩の宴会芸を見損なったことです」

だいたい私は思っていることの隣か、そのまた隣にあることばかり口にしてしまう。

「はい、サンカク」

手厳しい評価だ。逃げの姿勢を見透かされたようだ。

「俺の宴会芸なら、まだこれからだぞ。まあ、婚約式のある奴は見られないだろうが」

「ぬ、抜け出してきます……」

「いらん。というか、どうせ来るなら、その喜蹟って男も連れて来いよ」

「……彼を連れて来るんですか？」

「俺からの婚約祝いをやろう」

「そんな……」

目尻《めじり》に溜《た》まりかけた涙をぐっとこらえた。

涙は、見えないように、頬の裏を通って流れた。

9

戻ってみると、親たちの顔色が変わっていた。

と言っても、こちらの帰りが遅かったのを怒っているわけではない。酔っているのだ。あまりいい歳をして顔が真っ赤になるほど飲まないほうがいいとはよく言っているのだが、酒蔵の蔵主にそんなことを言っても糠《ぬか》に釘《くぎ》なのは当たり前の話。

日本酒の魅力に取り憑《つ》かれたこの男は、きっと日本酒と運命をともにする覚悟なのだろう。

そして——今宵《こよい》はそんな蔵主が二人も顔を揃えている。幼い頃にともに野原を駆け巡り、酒の神様に仕えることになった竹馬の友。

婚約式はすでにぐだぐだと開会しているらしい。

フライングもいいところだ。まだ当の主役の片割れが戻らぬうちから始めるとは。

「キッちゃん、うちの娘、よろしゅう頼むわ」

「しかしのう、俺にゃ嫁がいるでのう……」

「だははは、何言うとんじゃ、お前とちゃうぞ！　喜蹟クンに決まっちょんやろが」

「何じゃ、ダメか俺では」

特大のため息とともに首を横に振りたくなるのは、私だけではなく喜蹟さんも同じのようだった。彼は一人黙々と箸《はし》を動かしている。グラスは注がれた形跡すらない。従業員がこれだけいるのに注ぎにこないところを見ると、暗黙の了解があるようだった。

突然、すすり泣きが聞こえてきた。なんと、泣いているのは他でもない我が父だった。酔っても笑い上戸にこそなれ、泣いている姿を見たことなど、これまで一度もなかった。

その男が――泣いていた。

いやー嬉《うれ》しい、感無量やと言いながら、父は顔を上げる。

目が、合ってしまった。

「お、蝶子、いつ戻ったんじゃ！」照れくさそうに涙を袖《そで》で拭《ぬぐ》いながら叫ぶ。「こっち来《き》いや。今から正式な挨拶《あいさつ》をするきぃ」

万事休す。

歓喜に涙する父を土壇場で裏切るなんて、考えるだけで――。

それに喜蹟さんのご親族だって集まっているのだ。けれど――。

私は、もう一度喜蹟さんを見やった。

彼は虚《うつ》ろな眼差《まなざ》しでただ一点を見つめているばかりだった。

智美さんへの未練が、彼を絶望的な表情にしているに違いない。

「父ちゃん、ちょっと待った」

「何じゃ」

「三十分待って。喜蹟さんと二人で話がしたいきぃ」

「何を言いよるんじゃ、今さら」

「喜蹟さんもでしょ?」私は喜蹟さんの席まで走り寄った。

「え? あ、ええと、何というか……」

戸惑っている喜蹟さんの腕を摑《つか》んで立たせた。

「ちょっと二人で外を歩いてきます!」

場内がざわついた。

父に怒鳴られることを覚悟した。

ところが――。

「何じゃ、もう夫婦同然やのう!」

酔っ払い親父はどこまでも都合よく解釈するものらしい。

挙げ句に手を叩《たた》いて音頭を取り出す。

「キースしろ、キースしろ、キースしろ」

黙れ酔っ払いどもめ。

「行きましょう」

私は猛然と廊下を走り始めた。

「わっ、ちょっと待ってんしゃい、蝶子さん」

私に引きずられながら、喜蹟さんはついて来る。

外に出ると、雪はさっきよりも深くなっていた。

寒い。

後ろから、ちゃんちゃんこをかぶせられた。

「寒い寒いですから」と喜蹟さん。

「サムイサムイ？」

「ああ、ええと、すごく寒いってことです。こっちでは何でも二回繰り返すんです」

朗らかに微笑む喜蹟さんを見ていると、妙な気がした。自分にはこういう穏やかな人と結婚して心静かに人生を送る選択肢もあるのだということに不思議な感慨を抱いたのだ。

皮膚に針を刺すようなしんと冷えた空気。

この土地で過ごす一生。

並んで歩く二人――。

でも、この人のとなりを歩くのは私ではないことが、さっきの喜蹟さんの顔を見たらわかった。

そして、きっと私も同じような顔をしていたことも。

なぜなら――。

「私は好きな人がいます」

「……僕もです」

さらりと解ける雪のように、一瞬で済んでしまった。

不思議なもので、決定的な言葉によって互いの距離が確定されると、途端に喜蹟さんを人間として認められるようになった。

その落ち着きと静けさが、かけがえのないものにも思われた。

べつの形で出会っていれば――そんな風に思わないではない。でも、それは伝える必要のないことだ。いずれ心に降る雪の下に埋もれても構わない、たわいない思考。

「喜蹟さんにお願いがあります」

「何でしょうか？」

「これから一緒に行ってもらえますか？〈雪花智〉に」

「え……」

「面白いものをお見せしたくて。面白いかどうかわからないんですけれど」

「はあ……〈雪花智〉で、ですか？」

私は大きく頷《うなず》いた。

そのとき——また例の囃子《はやし》が聴こえてきた。

「すい、すい、すいすいすいすい、酔えば素敵な理が見える
すい、すい、すいすいすいすい研、飲めばあなたも理が見える」

「……ああ、この奇妙な掛け声……そうか、年末じゃのう」

「え？」

「毎年この時季に泊まりに来る、頭のネジが二、三本抜けた大学サークルがあるって智美に聞きましたね。あれはその掛け声だそうで」

頭のネジが二、三本とはまた智美さんもずいぶん控えめな言い方をしたものだ。ネジなどたぶん一本もついていないだろう。

「今からご案内したいのは、その大学サークルの宴会席なんです」

「それはまた……どうして？」

「私、そのサークルのメンバーなんです」

えっと喜蹟さんが言葉に詰まったのと同時に、清香さんが門から姿を現し、こちらに早く、と手招きをした。どうやら事情は心得ているらしい。すっかり神酒島先輩に巻き込まれてしまったようだ。

慌ただしく二人で下駄《げた》箱に靴をしまっていると、ちょうど廊下の反対側から智美さんの姿が現れた。

天使のごとき笑み。怒りを外部に見せない二層構造の乙女。まるでエンジン音を極限

まで抑えたハイブリッド車のように、優美な表情を湛《たた》えたまま静かにやってくる。

また、突撃される。咄嗟《とっさ》に身構えた。

ところが——。

襖《ふすま》が、開いた。

中から智美さんの手をぐいと引く者がある。

「いらっしゃい、智美さん」

男ならず女までも虜《とりこ》にしそうな危うい香りを放った美女が、そこに立っていた。ほんのりと白がかったピンクの口紅がよく似合っていた。

〈スイ研〉の連中は、もはやぐでんぐでんの「ん」の字を三つほど増やしたいくらいの酔いっぷり。座っている者より横になっている者のほうが多い体たらく。その顔には締まりのない笑みが浮かんでいる。

「アラ、お久しぶりだこと」と女は言った。

彼女が見ていたのは——喜讀さんだった。

「き、君は……あの時の！」

彼女は一升瓶を片手でもってぐい飲みをすると、
ふうううううう

喜蹟さんに、息を吹きかけた。

すると――喜蹟さんは後方へ、音もなく倒れてゆく。

それを、すっと女が腕を素早く伸ばして抱きかかえる。

「一年前にも、これと同じことが起こったのさ」

彼女は、男の声になって、そう言った。

いや――男が女の恰好《かっこう》をしているのだ。

その声を私が聞き違えるわけがない。私をこのわけのわからぬサークルへと引きずり込んだ張本人。ぐでんぐでんの屍体《したい》の中にその存在が見当たらぬも道理。

「ミッキー先輩、宴会芸ってこれですか？」

女の形《なり》をした男は頷いた。

「毎年恒例なんだ。俺の女装」

煌《きら》びやかな着物に包まれた神酒島先輩は、色っぽく笑いかけた。

「彼は酒蔵の息子のくせに下戸なんだな。だから俺に酒を吹きかけられて、簡単に意識を失った。湯船に溺《おぼ》れるところだったから、抱きかかえて風呂《ふろ》の外に移動させておいた。運悪く、そこに彼女が入ってきたってわけだ」

抱き合っていた男女――。

それは、神酒島先輩と喜蹟さんだったのだ……。

私は今日の夕食のときのことを思い返した。喜蹟さんは、父親たちが真っ赤になって飲むなか、一人黙々と食事を進めていた。グラスに注がれてもいなかったのは、従業員も彼が飲めないことを知っているからなのだろう。

「彼女が飛び出していった後、幸い、すぐに瞼《まぶた》が開きそうになったから、目覚める前に俺はカツラを外し、素早く顔の化粧を石鹸《せっけん》で落としてから失礼した」

誰も温泉から出て来る女を見なかったのも道理だ。

女など最初からいなかったのだから。

その代わり、清香さんは宿泊客が出て来る姿なら目撃していただろう。神酒島先輩は堂々と男湯の暖簾《のれん》を潜って出て行ったはずだから。

「ほやけど——うら、女湯に入って……」

智美さんが疑問を口にした。

そう、彼女は女湯に入ったのだ。

それについてはいったいどうなるのか？

「智美さんに一つ聞きたい。この宿に、あなたのことを昔から好いているような人はいないかな？」

「うらを——好く？」

「あなたに喜瀆さんの失態を見せることで得をする人間がいたはずです」

智美さんの顔色が、俄《にわ》かに青くなった。

「その男なら——去年のうちに店からいんくなりました」

「その男性は、光司さん、だね？」

「へえ」

清香さんの前に受付に入っていた男。

でも――どうして、その男だと特定できたのだろうか？

「智美さんが温泉にやってきたときの受付が彼だった。タイミング的に考えても、彼が関与しているとしか考えられない」

「何の――タイミングですか？」と私は問うた。

「暖簾を入れ替えるタイミングだ。通常人間は男女の暖簾で判断して入る。もうほとんど反射的にね。それを入れ替えたら――間違えるよ、そりゃあ」

「ほやけど、お嬢様が出てきたときは――」

清香さんが信じられぬという口調で口を挟む。

「戻しておいたんだろう。不思議なもので、人間は出るときにはあまり暖簾の色を気にしない」

「どうして暖簾を戻す必要があったんですか？」と私は尋ねた。

「次の受付当番の清香嬢にバレてしまうからね」

「そっか……」

清香さんはへなへなとしゃがみ込んだ。

「光司さんはどうしてそげなこと……」

智美さんは狐につままれたようにぼんやりと呟《つぶや》く。

「彼は智美さんがやってくる前に暖簾を入れ替え、喜蹟さんが女湯に恋人を連れ込んで入っていると思い込ませようと企《たくら》んだのさ」

「でも、うらがいつ来るかなんて――」

「わかるんだよ。客が帰った後、そして掃除が始まる前。せいぜい三十分ほど暖簾を替えておく。あなたが入ったらすぐに暖簾を入れ替えればいいだけなんだから」

そんな論理を語りながら、神酒島先輩は喜蹟さんを智美さんの腕によっこらせと放った。

「あの日の、落とし物だ」

智美さんの頬を涙が伝う。決壊。二重構造が――崩れたのだ。

時間が巻き戻されていく。

いつの日か、この一年の余白を、
二人は笑えるようになるかもしれない。

いつの日か。

窓の外では、雪がさっきよりもさらさらと優しく降り、闇を白く染めていた。

せっかくここまで来たのだからと、さっき入り損ねた温泉に入って帰ることにした。

――縁談を白紙に戻すことは僕から父に話します。

喜蹟さんはそう言って私に温泉でのんびりしていくように勧めたのだ。脱衣所で服を脱ぎながら、酔っ払いの親父どもが口をあんぐり開ける姿を想像していると、少し可哀想だと思いつつもくすくすと笑いがこみ上げてきた。

愉快なりと思いつつ風呂場への扉を開ける。

湯気は立ち込めていてもここは屋外。一気に鳥肌が立つ。急いで湯に飛び込んだ。肩までしっかり浸《つ》かっていないと、降りしきる雪ですぐに冷えてしまう。

それでも十分もそうして浸かっていると、屋外だとは思えぬほど身体の芯《しん》が火照ってきた。

直線ではなく軽やかに舞いながら落ちる白いドットの中で、一人動きもせずにぼんやりと今日一日の出来事を思い返す。

まことに奇妙な一日だった。

今のこの静けさが嘘のようだ。

「雪にもいろいろあるんだぜ」

どこからともなく、声が降ってきた。周囲を見回すが、人気はない。声は――竹で編まれた壁の向こう側から聞こえてくるのだ。

「細雪《ささめゆき》、玉雪、牡丹雪《ぼたんゆき》、今夜の雪はさしずめ灰雪ってところだな」

「灰雪――ですか」

「ほら、軽そうだろ？」

私は改めて雪を見た。それらは煙草から落ちる灰のようにそろりそろりと降っていた。

「ミッキー先輩、お酒飲んだら温泉なんか入っちゃダメですよ」

「大丈夫だ。酒を飲みに来ただけだから」

「……どういう意味ですか？」

「雪見酒だ。それも、極上のとれたてのな」

意味がわからない。だが、それよりさっきの話で気になる部分があったことを思い出す。

「あの、一つ聞いてもいいですか？」

「スリーサイズなら教えないけどな」

誰がそんなものを聞くものか。

「……じゃなくて、どうして一年前、ミッキー先輩は喜瀆さんの顔に日本酒を吹きかけたりしたんですか？」

「そりゃあ、こっちに来られたらまずいからな」

「どうしてですか？」

「だから、飲んでたのさ。極上のとれたてを。ただし、あまり人に知られたくない方法で」

「え……？」

上を見ろ、と神酒島先輩が言った。

竹取の翁《おきな》もびっくりな長い竹がぐいと塀にかけられ、隣接する酒蔵のほうへと延びていく。

「〈スイ研〉に代々伝わる伸縮自在竹筒だ」

シーソーの原理で、塀に当たる部分を支点にして酒蔵へと竹の棒がどんどん傾いていく。神酒島先輩のいる側の先端に紐《ひも》が巻き付けてあって、どうやらその紐は神酒島先輩が保持しているらしい。

「傾いた竹は、隣の酒蔵の小型開放タンクの中に入る」

「ちょっ……それは……」

それは――酒泥棒ではないですか、先輩……。

「一晩の間に日本酒にもしものことがあっては一大事。ちょっと味見をして無事を確かめる日本酒守り隊さ」

何だそれは。と、そのとき、神酒島先輩はゆっくり竹に括《くく》り付けられた紐を引いた。

すると、塀を支点にして竹筒が再度温泉のほうへと傾く。

「隣の酒蔵はこの時間、誰もいなくなる。だから、俺はこの時間を狙って、毎年温泉で酒を飲んでいたんだ。それなのに、去年は邪魔が入った。

急に入ってくるからバケツ一杯分だけ汲《く》んで紐を勢いよく放したんだ。そうしたら、タンクに竹が激しく当たって鹿威しみたいな音が鳴り、かえって彼の注意を引く羽目になった」

「それで——顔に噴射……ですか」

「ああ。目くらましをして逃げようと思ったんだ。まさか気絶するとは思わないからな」

あまりのことにそのまま湯のなかに鼻先まで沈んでしまう。

ぶくぶく。

もう一つ、聞きたいことがあった。

今日の化粧——あれは『さゝめ』のヒロインのメイクではないか。口紅の色がうっすら白がかったピンクなのは、ササメが実は雪女を模しているからだ、と監督から昔説明を受けたことを思い出す。

それに、神酒島先輩は、私があの映画の主演を降りたことを知っていた。

たしかに一部で話題にはされたけれど、週刊誌の中のごく小さな見出しでしかなかったはずだ。インターネットで検索しても、私のプロフィールからはそんな映画の出演予定があったことは記されていないし、今では誰も話題にもしない。

それを——なぜ神酒島先輩は知っていたのだろう？

——大事なことは本人に聞く癖をつけろよ。

いつぞやの神酒島先輩の言葉を思い出す。

本人に聞いてみたい言葉。

そして、本人に言いたい言葉。

——好きな人がいます。

他人にならあんなに堂々と言えたことも、今は言葉が凍ってでもいるのか、出てこなかった。

「『さゝめ』のラストはこんな風に男女が男湯女湯に分かれて、同じ空を見上げるシーンで終わる。二人には同じ雪が降り注いでいるけれど、互いの心は遠く離れている」

見たことはない。シナリオの上だけで知っているのに——情景が目の前に浮かび上がってくるようだった。ササメが去った後、もはや元には戻れない関係になった男と女が、過去にわかり合えた時間を想って雪を見るシーンで終わるのだ。

それを暗いとみるのか、仄《ほの》かに未来が感じられるととるのかは、きっと観る人によって違うのだろう。

「俺はあの映画、初日に行ったんだ。お前が出てると思ってさ」

「え……？」

「俺の知る子役、坂月蝶子は信頼できる演技をする立派な女優だった。だから、早めに情報を知って並んだのに、スクリーンには全然べつの女優が出ていた。映画自体は悪くなかったけど、そこだけはまあ——サンカクだな」

私は——そのまま湯に沈みそうになった。

いや、待て、早まるな。

神酒島先輩は何も坂月蝶子に惚《ほ》れていたと告白したわけではないではないか。ただ女優としての資質を認めたに過ぎない。

それなのに——なぜこんなにもこの胸は逸《はや》るのだ。

茹《ゆ》だる。

神酒島先輩、その「サンカク」が、自ら映画を撮ろうとしたきっかけのひとつなんてことは——。

それから四月のロータリーで私を捕まえた日。

本当に焼酎《しょうちゅう》甲類の匂いで私に声をかけたんですか？

それとも、その前から——。

慌てて首を振る。いくら妄想でも図々《ずうずう》しい。雪の中に頭を突っ込んで冷やしたほうがいいのかもしれない。

「おい、生きてるか？　オチョコ」

「……たぶん、はい、生きてます」

生きなくては。

「お前、変だぞ。酔っぱらってるみたいだ」

桜の花に始まって、球場で、砂浜で、月の下で——今年、私はいろんな場所で神酒島先輩と同じ景色を見つめ、酔いしれた。

酒に酔えない私が、世界に酔うことを覚えたのは、神酒島先輩がいたからだ。

もっといろんな世界に酔ってみたい。

そして、いずれは自分も――。

――とりあえず一年間俺たちに預けてみろよ。

四月に言われた言葉。あと――三か月で一年。

相変わらず人生の目標は見えない。女優になりたいとも、今はまだ思わない。けれど、もしもこの先の人生で、もう一度何かを演じることがあれば、自分に何ができるとかできないとか、そんなつまらないことは考えまい。

何を為《な》すのも、私ではない。

客を酔わせる酒は――シナリオの中の虚構の人物。

身体は、その容器みたいなものにすぎない。

今は、そんな風にシンプルに思うことができた。

自分の枷《かせ》をひとつ外すだけで、世界はかくも彩りを増すものらしい。四月に比べて、心が軽くなっている。〈スイ研〉が――神酒島先輩が、重装備だった私の心の服を一枚脱がせたのだ。まだ幾重にも厚い衣を纏《まと》っていて、さらに皮膚と服のあいだの厄介なものもあるせいで裸には程遠いけれど。それでも――。

「酔ってるんですよ、雪酔いです、雪酔い」

フッと――神酒島先輩が笑うのが聴こえた。

雪、雪、雪、雪……。

「今宵《こよい》、復活した恋に乾杯──」

「乾杯……私、何も持ってないですけど」

そう言いつつ、私はない盃《さかずき》を心に収めた。

青春は──長いトンネルには違いない。

私たちはただやみくもにその中を走る幽霊かもしれない。

けれど、トンネルの中でぽっかりと灯《とも》る明かりに出会ったら、それを見失ってはならない。

花明かりか、月明かりか、

雪明かりかは知らないが、

それらを頼りに、

手さぐりに闇を進むのだ。

たとえば今宵──。

雪酔いの理《ことわり》のもとに、胸を高鳴らせながら。

本書は二〇一三年十二月に小社より刊行された『名無しの蝶は、まだ酔わない　戸山大学〈スイ研〉の謎と酔理』を改題の上、文庫化したものです。

花《はな》酔《よ》いロジック

坂月蝶子《さかづきちょうこ》の謎《なぞ》と酔理《すいり》

森《もり》 晶麿《あきまろ》

平成27年 5月25日　初版発行

発行者●郡司 聡

発行●株式会社KADOKAWA
〒102-8177　東京都千代田区富士見2-13-3
電話 03-3238-8521（カスタマーサポート）
http://www.kadokawa.co.jp/

角川文庫 19188

印刷所●株式会社暁印刷　製本所●株式会社ビルディング・ブックセンター

表紙画●和田三造

ISBN978-4-04-103009-7　C0193

角川文庫発刊に際して

角川源義

第二次世界大戦の敗北は、軍事力の敗北であった以上に、私たちの若い文化力の敗退であった。私たちの文化が戦争に対して如何に無力であり、単なるあだ花に過ぎなかったかを、私たちは身を以て体験し痛感した。西洋近代文化の摂取にとって、明治以後八十年の歳月は決して短かすぎたとは言えない。にもかかわらず、近代文化の伝統を確立し、自由な批判と柔軟な良識に富む文化層として自らを形成することに私たちは失敗して来た。そしてこれは、各層への文化の普及滲透を任務とする出版人の責任でもあった。

一九四五年以来、私たちは再び振出しに戻り、第一歩から踏み出すことを余儀なくされた。これは大きな不幸ではあるが、反面、これまでの混沌・未熟・歪曲の中にあった我が国の文化に秩序と確たる基礎を齎らすためには絶好の機会でもある。角川書店は、このような祖国の文化的危機にあたり、微力をも顧みず再建の礎石たるべき抱負と決意とをもって出発したが、ここに創立以来の念願を果すべく角川文庫を発刊する。これまで刊行されたあらゆる全集叢書文庫類の長所と短所とを検討し、古今東西の不朽の典籍を、良心的編集のもとに、廉価に、そして書架にふさわしい美本として、多くのひとびとに提供しようとする。しかし私たちは徒らに百科全書的な知識のジレッタントを作ることを目的とせず、あくまで祖国の文化に秩序と再建への道を示し、この文庫を角川書店の栄ある事業として、今後永久に継続発展せしめ、学芸と教養との殿堂として大成せんことを期したい。多くの読書子の愛情ある忠言と支持とによって、この希望と抱負とを完遂せしめられんことを願う。

一九四九年五月三日

角川文庫ベストセラー

ダリの繭《まゆ》　有栖川有栖

サルバドール・ダリの心酔者の宝石チェーン社長が殺された。現代の繭とも言うべきフロートカプセルに隠された難解なダイイング・メッセージに挑むは推理作家・有栖川有栖と臨床犯罪学者・火村英生！

海のある奈良に死す　有栖川有栖

半年がかりの長編の見本を見るために珀友社へ出向いた推理作家・有栖川有栖は同業者の赤星と出会い、話に花を咲かせる。だが彼は〈海のある奈良へ〉と言い残し、福井の古都・小浜で死体で発見され……。

朱色の研究　有栖川有栖

臨床犯罪学者・火村英生はゼミの教え子から2年前の未解決事件の調査を依頼されるが、動き出した途端、新たな殺人が発生。火村と推理作家・有栖川有栖が奇抜なトリックに挑む本格ミステリ。

ジュリエットの悲鳴　有栖川有栖

人気絶頂のロックシンガーの一曲に、女性の悲鳴が混じっているという不気味な噂。その悲鳴には切ない恋の物語が隠されていた。表題作のほか、日常の周辺に潜む暗闇、人間の危うさを描く名作を所収。

暗い宿　有栖川有栖

廃業が決まった取り壊し直前の民宿、南の島の極楽めいたリゾートホテル、冬の温泉旅館、都心のシティホテル……様々な宿で起こる難事件に、おなじみ火村・有栖川コンビが挑む！

角川文庫ベストセラー

壁抜け男の謎　有栖川有栖

犯人当て小説から近未来小説、敬愛する作家へのオマージュから本格パズラー、そして官能的な物語まで。有栖川有栖の魅力を余すところなく満載した傑作短編集。

赤い月、廃駅の上に　有栖川有栖

廃線跡、捨てられた駅舎。赤い月の夜、異形のモノたちが動き出す――。鉄道は、私たちを目的地に運ぶだけでなく、異界を垣間見せ、連れ去っていく。震えるほど恐ろしく、時にじんわり心に沁みる著者初の怪談集！

甘栗と金貨とエルム　太田忠司

高校生の甘栗晃は、突然亡くなった父親に代わり、探偵の仕事をすることに。依頼は、ナマイキな小学生・淑子の母親探し。――美枝子は鍵の中に？　謎めいたこの一言を手がかりに、調査を始めた晃だけど……!?

甘栗と戦車とシロノワール　太田忠司

父親が遺した事件を解決するため、探偵となった高校生の甘栗晃。次なる依頼人は、「名古屋最凶の中学生」と恐れられた、元不良の徳永。彼から、袋小路で「消えた」恩師を探してほしいと頼まれた晃は……。

覆面作家は二人いる　北村　薫

姓は〈覆面〉、名は〈作家〉。弱冠19歳、天国的美貌の新人推理作家・新妻千秋は大富豪令嬢。若手編集者・岡部を混乱させながら鮮やかに解き明かされる日常世界の謎。お嬢様名探偵、シリーズ第一巻。

角川文庫ベストセラー

斜陽　太宰治

没落貴族のかず子は、華麗に滅ぶべく道ならぬ恋に溺れていく。最後の貴婦人である母と、麻薬に溺れ破滅する弟・直治、無頼な生活を送る小説家・上原。戦後の混乱の中を生きる4人の滅びの美を描く。

人間失格　太宰治

無頼の生活に明け暮れた太宰自身の苦悩を描く内的自叙伝であり、太宰文学の代表作である「人間失格」と、家族の幸福を願いながら、自らの手で崩壊させる苦悩を描き、命日の由来にもなった「桜桃」を収録。

ふちなしのかがみ　辻村深月

冬也に一目惚れした加奈子は、恋の行方を知りたくて禁断の占いに手を出してしまう。鏡の前に蠟燭を並べ、向こうを見ると――子どもの頃、誰もが覗き込んだ異界への扉を、青春ミステリの旗手が鮮やかに描く。

本日は大安なり　辻村深月

企みを胸に秘めた美人双子姉妹、プランナーを困らせるクレーマー新婦、新婦に重大な事実を告げられないまま、結婚式当日を迎えた新郎……。人気結婚式場の一日を舞台に人生の悲喜こもごもをすくい取る。

天使の屍　貫井徳郎

14歳の息子が、突然、飛び降り自殺を遂げた。真相を追う父親の前に立ち塞がる《子供たちの論理》。14歳という年代特有の不安定な少年の心理、世代間の深い溝を鮮烈に描き出した異色ミステリ！

角川文庫ベストセラー

初恋ソムリエ

初野　晴

ワインにソムリエがいるように、初恋にもソムリエがいる?!　初恋の定義、そして恋のメカニズムとは……お馴染みハルタとチカの迷推理が冴える、大人気青春ミステリ第2弾!

空想オルガン

初野　晴

吹奏楽の〝甲子園〟――普門館を目指す穂村チカと上条ハルタ。弱小吹奏楽部で奮闘する彼らに、勝負の夏が訪れた!!　謎解きも盛りだくさんの、青春ミステリ決定版。ハルチカシリーズ第3弾!

千年ジュリエット

初野　晴

文化祭の季節がやってきた!　吹奏楽部の元気少女チカと、残念系美少年のハルタも準備に忙しい毎日。そんな中、変わった風貌の美女が高校に現れる。しかも、ハルタとチカの憧れの先生と親しげで……。

僕と先輩のマジカル・ライフ

はやみねかおる

幽霊の出る下宿、地縛霊の仕業と恐れられる自動車事故、プールに出没する河童……大学一年生・井上快人の周辺でおこる「あやしい」事件を、キテレツな先輩・長曽我部慎太郎、幼なじみの春奈と解きあかす!

モナミは世界を終わらせる?

はやみねかおる

高校生の萌奈美は「おまえ、命を狙われてるんだぜ」と突然現れた男にいわれる。どうやら世界の出来事と、学校で起きることが同調しているらしい。はたして無事に生き延びられるのか……学園ミステリ。

角川文庫ベストセラー